59

MAIGRET
ET LE CLOCHARD

OUVRAGES DE GEORGES SIMENON
AUX PRESSES DE LA CITE
COLLECTION MAIGRET

ROMANS

« TRIO »

AUX EDITIONS FAYARD

A LA N. R. F.

EDITION COLLECTIVE
SOUS COUVERTURE VERTE

SERIE POURPRE

Georges SIMENON

MAIGRET ET LE CLOCHARD

ROMAN

PRESSES DE LA CITÉ
116, rue du Bac
PARIS

CHAPITRE

1

Il y eut un moment, entre le quai des Orfèvres
et le pont Marie, où Maigret marqua un temps
d'arrêt, si court que Lapointe, qui marchait à
son côté, n'y fit pas attention. Et pourtant,
pendant quelques secondes, peut-être moins d'une
seconde, le commissaire venait de se retrouver
à l'âge de son compagnon.

Cela tenait sans doute à la qualité de l'air,
à sa luminosité, à son odeur, à son goût. Il y
avait eu un matin tout pareil, des matins pareils,
au temps où, jeune inspecteur fraîchement nommé
à la Police Judiciaire que les Parisiens appelaient
encore la Sureté, Maigret appartenait au service
de la voie publique et déambulait du matin au
soir dans les rues de Paris.

Bien qu'on fût déjà le 25 mars, c'était la
première vraie journée de printemps, d'autant

plus limpide qu'il y avait eu, pendant la nuit, une dernière averse accompagnée de lointains roulements de tonnerre. Pour la première fois de l'année aussi, Maigret venait de laisser son pardessus dans le placard de son bureau et, de temps en temps, la brise gonflait son veston déboutonné.

A cause de cette bouffée du passé, il avait adopté sans s'en rendre compte son pas d'autrefois, ni lent ni rapide, pas tout à fait le pas d'un badaud qui s'arrête aux menus spectacles de la rue, pas non plus celui de quelqu'un qui se dirige vers un but déterminé.

Les mains jointes derrière le dos, il regardait autour de lui, à droite, à gauche, en l'air, enregistrant des images auxquelles, depuis longtemps, il ne prêtait plus attention.

Pour un aussi court trajet, il n'était pas question de prendre une des voitures noires rangées dans la cour de la P. J. et les deux hommes longeaient les quais. Leur passage, sur le parvis de Notre-Dame, avait fait s'envoler des pigeons et il y avait déjà un car de touristes, un gros car jaune, qui venait de Cologne.

Franchissant la passerelle de fer, ils avaient atteint l'île Saint-Louis et, dans l'encadrement d'une fenêtre, Maigret avait remarqué une jeune femme de chambre en uniforme et en bonnet de dentelle blanche qui semblait sortir d'une pièce des Boulevards. Un garçon boucher, en uniforme aussi, livrait la viande un peu plus loin ; un facteur sortait d'un immeuble.

Les bourgeons avaient éclaté le matin même, mouchetant les arbres de vert tendre.

— La Seine reste haute, remarqua Lapointe, qui n'avait encore rien dit.

C'était vrai. Depuis un mois, c'est à peine s'il cessait parfois de pleuvoir pendant quelques heures et presque chaque soir la télévision montrait des rivières en crue, des villes et des villages où l'eau déferlait dans les rues. Celle de la Seine, jaunâtre, charriait des détritus, des vieilles caisses, des branches d'arbres.

Les deux hommes suivaient le quai de Bourbon jusqu'au pont Marie qu'ils franchissaient de leur démarche paisible et ils pouvaient voir, en aval, une péniche grisâtre peinte à l'avant du triangle blanc et rouge de la Compagnie Générale. Elle s'appelait « Le Poitou » et une grue, dont le halètement et les grincements se mêlaient aux bruits confus de la ville, déchargeait le sable dont ses cales étaient pleines.

Une autre péniche se trouvait amarrée en amont du pont, à une cinquantaine de mètres de la première. Plus propre, elle semblait astiquée du matin et un drapeau belge flottait paresseusement à l'arrière tandis que, près de la cabine blanche, un bébé dormait dans un berceau de toile en forme de hamac et qu'un homme très grand, aux cheveux d'un blond pâle, regardait en direction du quai comme s'il attendait quelque chose.

Le nom du bateau, en lettres dorées, était « De Zwarte Zwaan », un nom flamand, que ni Maigret ni Lapointe ne comprenaient.

Il était dix heures moins deux ou trois minutes. Les policiers atteignaient le quai des Célestins et, alors qu'ils allaient descendre la rampe vers le port, une auto s'arrêta, trois hommes en descendirent, la portière claqua.

— Tiens ! On arrive en même temps...

Ils venaient du Palais de Justice aussi, mais de la partie plus imposante réservée aux magistrats. Il y avait le substitut Parrain, le juge Dantziger et un vieux greffier dont Maigret ne se rappelait jamais le nom, bien qu'il l'eût rencontré des centaines de fois.

Les passants qui allaient à leurs affaires, les enfants qui jouaient sur le trottoir d'en face ne se doutaient pas qu'il s'agissait d'une descente de Parquet. Dans le matin clair, cela ne faisait pas du tout solennel. Le substitut sortait de sa poche un étui à cigarettes en or, le tendait machinalement à Maigret qui avait sa pipe à la bouche.

— C'est vrai... J'oubliais...

Il était grand, mince et blond, distingué, et le commissaire pensa une fois de plus que c'était une spécialité du Parquet. Le juge Dantziger, lui, petit et rond, était habillé sans recherche. On trouve des juges d'instruction de toutes sortes. Pourquoi, au Parquet, ressemblaient-ils tous plus ou moins aux attachés de cabinet des ministres dont ils avaient les manières, l'élégance et souvent la morgue ?

— On y va, messieurs ?

Ils descendaient la rampe aux pavés inégaux, arrivaient au bord de l'eau, non loin de la péniche.

— C'est celle-ci ?

Maigret n'en savait guère plus que ses compagnons. Il avait lu, dans les rapports journaliers, le récit succinct de ce qui s'était passé au cours de la nuit et un coup de téléphone, une demi-heure plus tôt, l'avait prié d'assister à la descente du Parquet.

Cela ne lui déplaisait pas. Il retrouvait un monde, une ambiance qu'il avait connus à plusieurs reprises. Tous les cinq s'avançaient vers la péniche à moteur qu'une planche reliait à la rive et le grand marinier blond faisait quelques pas à leur rencontre.

— Donnez-moi la main, dit-il au substitut qui marchait le premier. C'est plus prudent, n'est-ce pas ?

Son accent flamand était prononcé. Le visage aux traits très dessinés, les yeux clairs, les grands bras, la façon de se mouvoir rappelaient les coureurs cyclistes de son pays qu'on voit interviewer après les courses.

Ici, on entendait plus fort le bruit de la grue qui déchargeait le sable.

— Vous vous appelez Joseph Van Houtte ? questionnait Maigret après avoir jeté un coup d'œil à un bout de papier.

— Jef Van Houtte, oui, monsieur.

— Vous êtes le propriétaire de ce bateau ?

— Bien sûr, monsieur, que je suis le propriétaire, qui est-ce qui le serait, autrement ?

Une bonne odeur de cuisine montait de la cabine et, au bas de l'escalier recouvert d'un linoléum à fleurs, on voyait une femme très jeune qui allait et venait.

Maigret désignait le bébé dans son berceau.

— C'est votre fils ?

— Ça n'est pas un fils, monsieur ; ça est une fille. Yolande, qu'elle s'appelle. Ma sœur s'appelle Yolande aussi et c'est elle qui est la marraine...

Le substitut Parrain éprouva le besoin d'intervenir, après avoir fait signe au greffier de prendre des notes.

— Racontez-nous ce qui s'est passé.

— Eh bien ! je l'ai repêché et le camarade de l'autre bateau m'a aidé...

Il désignait le « Poitou », à l'arrière duquel un homme, adossé au gouvernail, regardait de leur côté comme s'il attendait son tour.

Un remorqueur fit entendre plusieurs coups de sirène et passa lentement, remontant le courant avec quatre péniches derrière lui. Chaque fois que l'une d'elles arrivait à hauteur du « Zwarte Zwaan », Jef Van Houtte levait le bras droit pour saluer.

— Vous connaissiez le noyé ?

— Je ne l'avais seulement jamais vu...

— Depuis combien de temps êtes-vous amarré à ce quai ?

— Depuis hier soir. Je viens de Jeumont, avec un chargement d'ardoises pour Rouen... Je comptais traverser Paris et m'arrêter pour la nuit à l'écluse de Suresnes... Je me suis aperçu tout à coup que quelque chose n'allait pas dans le moteur... Nous, on n'aime pas tellement coucher en plein Paris, vous comprenez ?...

De loin, Maigret apercevait deux ou trois clochards qui se tenaient sous le pont et, parmi eux, une femme très grosse qu'il lui semblait avoir déjà vue.

— Comment cela s'est-il passé ? L'homme s'est jeté à l'eau ?

— Je ne crois pas, hein, monsieur. S'il s'était jeté à l'eau, qu'est-ce que les deux autres seraient venus faire ici ?

— Quelle heure était-il ? Où étiez-vous ? Dites-nous en détail ce qui s'est passé pendant la soirée. Vous vous êtes amarré au quai peu avant la tombée de la nuit ?

— C'est juste.

— Avez-vous remarqué un clochard sous le pont ?

— Ces choses-là, on ne remarque pas. Il y en a presque toujours.

— Qu'est-ce que vous avez fait ensuite ?

— On a dîné, Hubert, Anneke et moi...

— Qui est Hubert ?

— C'est mon frère. Il travaille avec moi. Anneke, c'est ma femme. Son prénom est Anna, mais, nous, on dit Anneke...

— Ensuite ?

— Mon frère a mis son beau costume et est allé danser. C'est de son âge, n'est-ce pas ?

— Quel âge a-t-il ?

— Vingt-deux ans.

— Il est ici ?

— Il est allé aux provisions. Il va revenir.

— Qu'avez-vous fait après dîner ?

— Je suis allé travailler au moteur. J'ai vu tout de suite qu'il y avait une fuite d'huile et, comme je comptais partir ce matin, j'ai fait la réparation.

Il les observait tour à tour, à petits coups aurait-on dit, avec la méfiance des gens qui n'ont pas l'habitude d'avoir affaire à la justice.

— A quel moment avez-vous terminé ?

— Je n'ai pas terminé. C'est seulement ce matin que j'ai fini le travail.

— Où étiez-vous quand vous avez entendu les cris ?

Il se gratta la tête, regarda devant lui le vaste pont luisant de propreté.

— D'abord, je suis remonté une fois pour fumer une cigarette et pour voir si Anneke dormait.

— A quelle heure ?

— Vers dix heures... Je ne sais pas au juste...

— Elle dormait ?

— Oui, monsieur. Et la petite dormait aussi. Il y a des nuits où elle pleure, parce qu'elle fait ses premières dents...

— Vous êtes retourné à votre moteur ?

— C'est sûr...

— La cabine était dans l'obscurité ?

— Oui, monsieur, puisque ma femme dormait.

— Le pont aussi ?

— Certainement.

— Ensuite ?

— Ensuite, longtemps après, j'ai entendu un bruit de moteur, comme si une auto s'arrêtait non loin du bateau.

— Vous n'êtes pas allé voir ?

— Non, monsieur. Pourquoi est-ce que je serais allé voir ?

— Continuez.

— Un peu plus tard, il y a eu un plouf...

— Comme si quelqu'un tombait dans la Seine ?

— Oui, monsieur.

— Et alors ?

— J'ai monté l'échelle et j'ai passé la tête par l'écoutille.

— Qu'avez-vous vu ?

— Deux hommes qui couraient vers l'auto...

— Il y avait donc bien une auto ?

— Oui, monsieur. Une auto rouge. Une 403 Peugeot.

— Il faisait assez clair pour que vous la distinguiez ?

— Il y a un réverbère juste au-dessus du mur.

— Comment étaient les deux hommes ?

— Le plus petit portait un imperméable clair et avait de larges épaules.

— Et l'autre ?

— Je ne l'ai pas si bien remarqué parce qu'il est entré le premier dans l'auto. Il a tout de suite mis le moteur en marche...

— Vous n'avez pas noté le numéro minéralogique ?

— Le quoi ?

— Le numéro inscrit sur la plaque ?

— Je sais seulement qu'il y avait deux 9 et que cela finissait par 75...

— Quand avez-vous entendu les cris ?

— Quand l'auto s'est mise en marche...

— Autrement dit, il s'est écoulé un certain temps entre le moment où l'homme a été jeté à l'eau et le moment où il a crié ? Sinon, vous auriez entendu les cris plus tôt ?

— Je pense, hein, monsieur. La nuit, c'est plus calme que maintenant.

— Quelle heure était-il ?

— Passé minuit...

— Il y avait des passants sur le pont ?

— Je n'ai pas regardé en l'air...

Au-dessus du mur, sur le quai, quelques passants s'étaient arrêtés, intrigués par ces hommes qui discutaient sur le pont d'un bateau. Il sembla à Maigret que les clochards s'étaient avancés de quelques mètres. Quant à la grue, elle continuait à puiser le sable dans la cale du « Poitou » et à le déverser dans des camions qui attendaient leur tour.

— Il a crié fort ?

— Oui, monsieur...

— Quel genre de cri ? Il appelait au secours ?

— Il criait... Puis on n'entendait plus rien... Puis...

— Qu'avez-vous fait ?

— J'ai sauté dans la barque et je l'ai détachée...

— Vous pouviez voir l'homme qui se noyait ?

— Non, monsieur... Pas tout de suite... Le patron du « Poitou » avait dû entendre aussi, car il courait le long de son bateau en essayant d'attraper quelque chose avec sa gaffe...

— Continuez...

Le Flamand faisait apparemment son possible,

mais cela lui était difficile et on voyait la sueur perler à son front.

— Là !... là !... qu'il disait.

— Qui ?

— Le patron du « Poitou ».

— Et vous avez vu ?

— A certains moments, je voyais, et à d'autres je ne voyais pas...

— Parce que le corps s'enfonçait ?

— Oui, monsieur... Et il était entraîné par le courant...

— Votre barque aussi, je suppose ?

— Oui, monsieur... Le camarade a sauté dedans...

— Celui du « Poitou » ?

Jef soupira, pensant sans doute que ses interlocuteurs n'étaient pas très subtils. Pour lui, c'était tout simple et il avait dû vivre des scènes semblables plusieurs fois dans sa vie.

— A vous deux, vous l'avez repêché ?...

— Oui...

— Comment était-il ?

— Il avait encore les yeux ouverts et, dans la barque, il s'est mis à vomir...

— Il n'a rien dit ?

— Non, monsieur.

— Il paraissait effrayé ?

— Non, monsieur.

— De quoi avait-il l'air ?

— De rien. A la fin, il n'a plus bougé et l'eau a continué de couler de sa bouche.

— Il gardait les yeux ouverts ?

— Oui, monsieur. J'ai pensé qu'il était mort.

— Vous avez été chercher du secours ?

— Non, monsieur. Ce n'est pas moi.

— Votre camarade du « Poitou » ?

— Non. Quelqu'un nous a appelés, du pont.

— Il y avait donc quelqu'un sur le pont Marie ?

— A ce moment-là, oui. Il nous a demandé s'il s'agissait d'un noyé. J'ai répondu que oui. Il a crié qu'il allait prévenir la police.

— Il l'a fait ?

— Sans doute, puisqu'un peu plus tard deux agents sont arrivés à vélo.

— Il pleuvait déjà ?

— Il s'est mis à pleuvoir et à tonner quand le type a été hissé sur le pont.

— De votre bateau ?

— Oui...

— Votre femme s'est éveillée ?

— Il y avait de la lumière dans la cabine et Anneke, qui avait passé un manteau, nous regardait.

— Quand avez-vous vu le sang ?

— Quand l'homme a été couché près du gouvernail. Ça lui sortait par une fente qu'il avait à la tête.

— Une fente ?

— Un trou... Je ne sais pas comment vous appelez ça...

— Les agents sont arrivés tout de suite ?

— Presque tout de suite.

— Et le passant qui les avait prévenus ?

— Je ne l'ai pas revu.

— Vous ne savez pas qui il est ?

— Non, monsieur.

Il fallait un certain effort, dans la lumière du matin, pour imaginer cette scène nocturne, que Jef Van Houtte racontait du mieux qu'il pouvait, en cherchant ses mots, comme s'il devait les traduire un à un du flamand.

— Vous savez sans doute que le clochard a été frappé à la tête avant d'être jeté à l'eau ?

— C'est ce que le docteur a dit. Car un des agents est allé chercher un docteur. Puis une ambulance est venue. Le blessé une fois parti, j'ai dû laver le pont où il y avait une grande flaque de sang...

— Comment, selon vous, les choses se sont-elles passées ?

— Je ne sais pas, moi, monsieur.

— Vous avez dit aux agents...

— J'ai dit ce que je croyais, n'est-ce pas ?

— Répétez-le.

— Je suppose qu'il dormait sous le pont...

— Mais vous ne l'aviez pas vu auparavant ?

— Je n'avais pas fait attention... Il y a toujours des gens qui dorment sous les ponts...

— Bon. Une auto a descendu la rampe...

— Une auto rouge... Ça, je suis sûr...

— Elle s'est arrêtée non loin de votre péniche ?

Il fit oui de la tête, tendit le bras vers un certain point de la berge.

— Est-ce que le moteur a continué de tourner ?

Cette fois, la tête fit non.

— Mais vous avez entendu des pas ?

— Oui, monsieur.

— Les pas de deux personnes ?

— J'ai vu deux types qui revenaient vers l'auto...

— Vous ne les avez pas vus se diriger vers le pont ?

— Je travaillais en bas, au moteur.

— Ces deux individus, dont l'un portait un imperméable clair, auraient assommé le clochard endormi et l'auraient jeté dans la Seine ?

— Quand je suis monté, il était déjà dans l'eau...

— Le rapport du médecin affirme qu'il ne peut pas s'être fait cette blessure à la tête en tombant à l'eau... Pas même au cours d'une chute accidentelle sur le bord du quai...

Van Houtte les regardait avec l'air de dire que cela n'était pas son affaire.

— Nous pouvons interroger votre femme ?

— Je veux bien que vous parliez à Anneke.

Seulement, elle ne vous comprendra pas, car elle ne parle que le flamand...

Le substitut regardait Maigret comme pour lui demander s'il avait des questions à poser et le commissaire faisait signe que non. S'il en avait, ce serait plus tard, lorsque ces messieurs du Parquet ne seraient plus là.

— Quand est-ce que nous pourrons partir ? questionnait le marinier.

— Dès que vous aurez signé votre déposition. A condition de nous laisser savoir où vous allez...

— A Rouen.

— Il faudra nous tenir ensuite au courant de vos déplacements. Mon greffier viendra vous faire signer les pièces.

— Quand ?

— Sans doute au début de l'après-midi...

Cela contrariait évidemment le marinier.

— Au fait, à quelle heure votre frère est-il rentré à bord ?

— Un peu après le départ de l'ambulance.

— Je vous remercie...

Jef Van Houtte l'aidait à nouveau à franchir l'étroite passerelle et le petit groupe se dirigeait vers le pont tandis que les clochards, de leur côté, reculaient de quelques mètres.

— Qu'est-ce que vous en pensez, Maigret ?

— Je pense que c'est curieux. Il est assez rare qu'on s'attaque à un clochard...

Sous l'arche du pont Marie, il y avait, contre le mur de pierre, ce qu'on aurait pu appeler une niche. C'était informe, cela n'avait pas de nom et pourtant cela avait été, depuis un certain temps, semblait-il, le gîte d'un être humain.

La stupéfaction du substitut était drôle à voir et Maigret ne put s'empêcher de lui dire :

— Il y en a ainsi sous tous les ponts. On peut d'ailleurs voir un abri du même genre juste en face de la P. J.

— La police ne fait rien ?

— Si elle les démolit, ils repoussent un peu plus loin...

C'était fait de vieilles caisses, de morceaux de bâche. Il y avait juste assez de place pour qu'un homme puisse s'y recroqueviller. Par terre, de la paille, des couvertures déchirées, des journaux répandaient une odeur forte, malgré le courant d'air.

Le substitut se gardait de toucher à quoi que ce fût et c'est Maigret qui se pencha pour effectuer un rapide inventaire.

Un cylindre de tôle, avec des trous et une grille, avait servi de fourneau et était encore couvert de cendres blanchâtres. Tout près, des morceaux de charbon de bois ramassés Dieu sait où. En remuant les couvertures, le commissaire mit à jour une sorte de trésor : deux quignons de pain rassis, une dizaine de centimètres de saucisson à l'ail et, dans un autre coin, des livres dont il lut les titres à mi-voix.

— *Sagesse,* de Verlaine... *Les Oraisons° Funè-bres,* de Bossuet...

Il saisit un fascicule qui avait dû traîner longtemps sous la pluie et qu'on avait sans doute ramassé dans une poubelle. C'était un numéro ancien de la *Presse Médicale...*

Enfin, la moitié d'un livre, la seconde moitié seulement : le *Mémorial de Sainte-Hélène.*

Le juge Dantziger paraissait aussi stupéfait que le représentant du Parquet.

— Drôles de lectures, remarqua-t-il.

— Il ne choisissait pas nécessairement...

Toujours sous les couvertures trouées Maigret découvrait des vêtements : un chandail gris très rapiécé, avec des taches de peinture, qui avait probablement appartenu à un peintre, un pantalon de coutil jaunâtre, des pantoufles de feutre à la semelle trouée et cinq chaussettes dépareillées. Enfin, une paire de ciseaux dont une des pointes était cassée.

— L'homme est mort ? questionna le substitut Parrain tout en se tenant à distance comme s'il craignait d'attraper des puces.

— Il vivait il y a une heure, quand j'ai téléphoné à l'Hôtel-Dieu.

— On espère le sauver ?

— On essaie... Il a une fracture du crâne et

on craint, en outre, qu'une pneumonie se
déclare...

Maigret tripotait une voiture d'enfant déla-
brée dont le clochard devait se servir lorsqu'il
allait fouiller les poubelles. Se tournant vers le
petit groupe toujours attentif, il observa les visa-
ges l'un après l'autre. Certains se détournaient.
D'autres n'exprimaient que l'hébétude.

— Approche, toi !... dit-il à la femme en la
désignant du doigt.

Si cela s'était produit trente ans plus tôt,
quand il travaillait à la voie publique, il aurait
pu mettre un nom sur chaque visage car, à cette
époque, il connaissait la plupart des clochards
de Paris.

Ils n'avaient pas tellement changé, d'ailleurs,
mais ils étaient devenus beaucoup moins nom-
breux.

— Où est-ce que tu couches ?

La femme lui souriait, comme pour l'amadouer.

— Là... disait-elle en montrant le pont Louis-
Philippe.

— Tu connaissais le type qu'on a repêché la
nuit dernière ?

Elle avait le visage bouffi et son haleine
sentait le vin aigre. Les mains sur le ventre, elle
hochait la tête.

— Nous, on l'appelait le Toubib.

— Pourquoi ?

— Parce que c'était quelqu'un d'instruit... on dit qu'il a été vraiment médecin autrefois...

— Il y a longtemps qu'il vivait sous les ponts ?

— Des années...

— Combien ?

— Je ne sais pas... Je ne les compte plus...

Cela la faisait rire et elle repoussait une mèche grise qui lui tombait dans la figure. La bouche fermée, elle paraissait âgée d'une soixantaine d'années. Mais, quand elle parlait, elle découvrait une mâchoire presque entièrement édentée et elle semblait beaucoup plus vieille. Ses yeux, pourtant, restaient rieurs. De temps en temps, elle se tournait vers les autres, comme pour les prendre à témoin.

— Ce n'est pas vrai ? leur demandait-elle.

Ils hochaient la tête, encore que mal à l'aise en présence de la police et de ces messieurs trop bien habillés.

— Il vivait seul ?

Cela la fit rire à nouveau.

— Avec qui il aurait vécu ?

— Il a toujours habité sous ce pont-ci ?

— Pas toujours... Je l'ai connu sous le Pont-Neuf... Et, avant ça, quai de Bercy...

— Il faisait les Halles ?

N'est-ce pas aux Halles que la plupart des clochards se retrouvent la nuit ?

— Non, répondait-elle.

— Les poubelles ?

— Des fois...

Ainsi, malgré la voiture d'enfant, ce n'était pas un spécialiste des vieux papiers et des chiffons, ce qui expliquait qu'il eût déjà été couché au début de la nuit.

— Il était surtout homme-sandwich...

— Qu'est-ce que tu sais d'autre ?

— Rien...

— Il ne t'a jamais parlé ?

— Bien sûr que si... C'est même moi qui, de temps en temps, lui coupais les cheveux... Il faut se rendre service...

— Il buvait beaucoup ?

Maigret savait que la question n'avait guère de sens, qu'ils buvaient à peu près tous.

— Du rouge ?

— Comme les autres.

— Beaucoup ?

— Je ne l'ai jamais vu ivre... Ce n'est pas comme moi...

Et elle riait encore.

— Je vous connais, vous savez, et je sais que vous n'êtes pas méchant. Vous m'avez questionnée, une fois, dans votre bureau, il y a longtemps, peut-être vingt ans, quand je travaillais encore à la porte Saint-Denis...

— Tu n'as rien entendu, la nuit dernière ?

Du bras, elle désignait le pont Louis-Philippe.

comme pour montrer la distance qui le sépare du pont Marie.

— C'est trop loin...

— Tu n'as rien vu ?

— Seulement les phares de l'ambulance... Je me suis un peu approchée, pas trop, par crainte d'être embarquée, et j'ai reconnu que c'était une ambulance...

— Et vous autres ? questionnait Maigret, tourné vers les trois clochards.

Ils secouaient la tête, toujours inquiets.

— Si nous allions voir le marinier du « Poitou » ? proposait le substitut, mal à l'aise dans cette ambiance.

L'homme les attendait, fort différent du Flamand. Lui aussi avait sa femme et ses enfants à bord, mais la péniche ne lui appartenait pas et elle faisait presque toujours le même trajet, des sablières de la haute Seine à Paris. Il s'appelait Justin Goulet ; il était âgé de quarante-cinq ans. Court sur pattes, il avait des yeux malins et une cigarette éteinte était collée à ses lèvres.

Ici, il fallait parler fort, à cause du vacarme tout proche de la grue qui continuait à décharger le sable.

— C'est marrant, non ?

— Qu'est-ce qui est marrant ?

— Que des gens prennent la peine d'assommer un clochard et de le balancer à la flotte...

— Vous les avez vus ?

— Je n'ai rien vu du tout.

— Où étiez-vous ?

— Quand on a frappé le type ? Dans mon lit...

— Qu'est-ce que vous avez entendu ?

— J'ai entendu quelqu'un qui gueulait...

— Pas de voiture ?

— Il est possible que j'aie entendu une voiture, mais il en passe tout le temps sur le quai, là-haut, et je n'y ai pas fait attention...

— Vous êtes monté sur le pont ?

— En pyjama... Je n'ai pas pris le temps de passer un pantalon...

— Et votre femme ?

— Elle a dit dans son sommeil :

« — Où vas-tu ?... »

— Une fois sur le pont du bateau, qu'avez-vous vu ?

— Rien... La Seine qui coulait, comme toujours, avec des remous... J'ai fait : « Ho ! Ho !... » pour que le type réponde et pour savoir de quel côté il était...

— Où se trouvait Jef Van Houtte à ce moment-là ?

— Le Flamand ?... J'ai fini par l'apercevoir sur le pont de son bateau... Il s'est mis à détacher sa chaloupe... Quand il est arrivé à ma hauteur, poussé par le courant, j'ai sauté dedans...

L'autre, dans l'eau, apparaissait de temps en temps à la surface puis disparaissait... Le Flamand a essayé de l'attraper avec ma gaffe...

— Une gaffe terminée par un gros crochet de fer ?

— Comme toutes les gaffes...

— Ce n'est pas en essayant ainsi de l'accrocher qu'on l'aurait blessé à la tête ?

— Sûrement pas... en fin de compte, on l'a eu par le fond de son pantalon... Je me suis tout de suite penché et je l'ai saisi par une jambe...

— Il était évanoui ?

— Il avait les yeux ouverts.

— Il n'a rien dit ?

— Il a rendu de l'eau... Après, sur le bateau du Flamand, on s'est aperçu qu'il saignait...

— Je crois que c'est tout ? murmura le substitut que cette histoire ne semblait pas beaucoup intéresser.

— Je m'occuperai du reste, répondit Maigret.

— Vous allez à l'hôpital ?

— J'irai tout à l'heure. D'après les médecins, il en a pour des heures avant d'être en mesure de parler...

— Tenez-moi au courant...

— Je n'y manquerai pas...

Comme ils passaient à nouveau sous le pont Marie, Maigret dit à Lapointe :

— Va téléphoner au commissariat du quartier pour qu'on m'envoie un agent.

— Où est-ce que je vous retrouve, patron ?

— Ici...

Et il serrait gravement la main des gens du Parquet.

2

—C'EST des juges ? questionnait la grosse
femme en regardant s'éloigner les trois hommes.

— Des magistrats, corrigeait Maigret.

— Ce n'est pas la même chose ?

Et, après un léger sifflement :

— Ils se dérangent comme pour quelqu'un de
la haute, dites donc ! C'était donc un vrai toubib ?

Maigret n'en savait rien. On aurait dit qu'il
n'était pas pressé de savoir. Il vivait dans le
présent avec, toujours, l'impression de choses
déjà vécues il y avait très longtemps. Lapointe
avait disparu au haut de la rampe. Le substitut,
flanqué du petit juge et du greffier, regardait
où il marchait, par crainte de salir ses chaus-
sures.

Noir et blanc dans le soleil, le « Zwarte

Zwaan » était aussi propre extérieurement que
devait l'être sa cuisine. Le grand Flamand, debout
près de la roue du gouvernail, regardait de son
côté et une femme menue, une vraie femme-
enfant aux cheveux d'un blond presque blanc
était penchée sur le berceau du bébé dont elle
changeait la couche.

Toujours le bruit des autos, là-haut, quai des
Célestins, et celui de la grue qui déchargeait le
sable du « Poitou ». Cela n'empêchait pas d'entendre des chants d'oiseaux ni le clapotis de
l'eau.

Les trois clochards continuaient à se tenir à
l'écart et il n'y avait que la grosse femme à
suivre le commissaire sous le pont. Son corsage,
qui avait dû être rouge, était devenu rose bonbon.

— Comment t'appelles-tu ?

— Léa. On dit la grosse Léa...

Cela la faisait rire et secouait ses seins
énormes.

— Où étais-tu, la nuit dernière ?

— Je vous l'ai dit.

— Il n'y avait personne avec toi ?

— Seulement Dédé, le plus petit, là-bas, celui
qui tourne le dos.

— C'est ton ami ?

— Ils sont tous mes amis.

— Tu couches toujours sous le même pont ?

— Quelquefois, je déménage... Qu'est-ce que
vous cherchez ?

Maigret, en effet, s'était à nouveau penché
sur les objets hétéroclites qui constituaient les
biens du Toubib. Il se sentait plus à son aise,
maintenant que les magistrats étaient partis. Il
prenait son temps, découvrait, sous les loques,
une poêle à frire, une gamelle, une cuiller et une
fourchette.

Puis il essayait une paire de lunettes à mon-
ture d'acier dont un des verres était fendu et tout
se brouillait devant ses yeux.

— Il ne s'en servait que pour lire, expliquait
la grosse Léa.

— Ce qui m'étonne, commença-t-il en la
regardant avec insistance, c'est de ne pas trouver...

Elle ne le laissa pas finir, s'éloigna de deux
mètres et, de derrière une grosse pierre, tira un
litre encore à moitié plein de vin violacé.

— Tu en as bu ?

— Oui. Je comptais finir le reste. Il ne sera
quand même plus bon quand le Toubib reviendra.

— Quand as-tu pris ça ?

— Cette nuit, après que l'ambulance l'a emporté...

— Tu n'as touché à rien d'autre ?

La mine sérieuse, elle cracha par terre.

— Je le jure !

Il la croyait. Il savait par expérience que les
clochards ne se volent pas entre eux. Il est
d'ailleurs rare qu'ils volent qui que ce soit, non

seulement parce qu'ils seraient tout de suite
repérés, mais à cause d'une sorte d'indifférence.

En face, dans l'île Saint-Louis, les fenêtres
étaient ouvertes sur des appartements douillets et
on distinguait une femme qui se brossait les
cheveux devant sa coiffeuse.

— Tu sais où il achetait son vin ?

— Je l'ai vu sortir plusieurs fois d'un bistrot
de la rue de l'Ave-Maria... C'est tout près d'ici...
Au coin de la rue des Jardins...

— Comment était le Toubib avec les autres ?

Cherchant à faire plaisir, elle réfléchissait.

— Je ne sais pas, moi... Il n'était pas très
différent...

— Il ne parlait jamais de sa vie ?

— Personne n'en parle... Ou alors il faut que
quelqu'un soit vraiment saoul...

— Il n'était jamais saoul ?

— Jamais vraiment...

Du tas de vieux journaux qui servaient au
clochard à se tenir chaud, Maigret venait de
retirer un petit cheval d'enfant en bois colorié
dont une patte était cassée. Il ne s'en étonnait
pas. La grosse Léa non plus.

Quelqu'un, qui venait de descendre la rampe
d'un pas élastique et silencieux et qui portait
des espadrilles s'approchait de la péniche belge.
Il tenait à chaque main un filet plein de provisions et on voyait émerger deux gros pains ainsi
que des queues de poireaux.

C'était le frère, à n'en pas douter, car il ressemblait à Jef Van Houtte, en plus jeune, les traits moins marqués. Il portait un pantalon de toile bleue et un tricot à rayures blanches. Une fois sur le bateau, il parlait à l'autre, puis regardait dans la direction du commissaire.

— Ne touche à rien... J'aurai peut-être encore besoin de toi... Si tu apprenais quelque chose...

— Vous me voyez, comme je suis, me présenter à votre bureau ?

Cela la faisait rire une fois de plus. Désignant la bouteille, elle demandait :

— Je peux la finir ?

Il répondait d'un signe de tête, allait à la rencontre de Lapointe qui s'en revenait en compagnie d'un agent en uniforme. Il donna ses instructions à celui-ci : garder le tas de pouilleries qui représentait la fortune du Toubib jusqu'à l'arrivée d'un spécialiste de l'Identité Judiciaire.

Après quoi, flanqué de Lapointe, il se dirigeait vers le « Zwarte Zwaan ».

— Vous êtes Hubert Van Houtte ?

Celui-ci, plus taciturne ou plus méfiant que son frère se contentait de hocher la tête.

— Vous êtes allé danser, la nuit dernière ?

— Il y a du mal à ça ?

Il parlait avec moins d'accent. Maigret et Lapointe, restés sur le quai, devaient lever la tête.

— A quel bal étiez-vous ?

— Près de la place de la Bastille... Une rue étroite, où il y en a une demi-douzaine... Celui-là s'appelle « Chez Léon »...

— Vous le connaissiez déjà ?

— J'y suis allé plusieurs fois...

— Vous ne savez donc rien de ce qui s'est passé ?

— Seulement ce que mon frère m'a raconté...

D'une cheminée de cuivre, sur le pont, sortait de la fumée. La femme et l'enfant étaient descendus dans la cabine et, d'où ils étaient, le commissaire et l'inspecteur pouvaient sentir l'odeur de cuisine.

— Quand est-ce qu'on pourra partir ?

— Sans doute cet après-midi... Dès que le juge aura fait signer le procès-verbal par votre frère...

Hubert Van Houtte aussi, bien lavé, bien peigné, avait la peau rose, les cheveux d'un blond pâle.

Un peu plus tard, Maigret et Lapointe traversaient le quai des Célestins et, au coin de la rue de l'Ave-Maria, trouvaient un bistrot à l'enseigne du « Petit Turin ». Le patron, en manches de chemise, se tenait sur le seuil. Il n'y avait personne à l'intérieur.

— On peut entrer ?

Il s'effaçait, étonné de voir des gens comme eux pénétrer dans son établissement. Celui-ci était

minuscule et, en dehors du comptoir, n'offrait
que trois tables aux consommateurs. Les murs
étaient peints en vert pomme. Du plafond pen-
daient des saucissons, des mortadelles, d'étranges
fromages jaunâtres aux formes d'outres trop
pleines.

— Qu'est-ce que je peux vous servir ?

— Du vin...

— Chianti ?

Des flacons recouverts de paille emplissaient
une étagère, mais c'est d'une bouteille prise sous
le comptoir que le patron emplit les verres en
observant toujours les deux hommes d'un œil
curieux.

— Vous connaissez un clochard surnommé le
Toubib ?

— Comment va-t-il ? J'espère qu'il n'est pas
mort ?

On passait de l'accent flamand à l'accent italien, du calme de Jef Van Houtte et de son
frère Hubert aux gesticulations du patron de
bar.

— Vous êtes au courant ? questionnait Maigret.

— Je sais qu'il lui est arrivé quelque chose
la nuit dernière.

— Qui vous l'a dit ?

— Un autre clochard, ce matin...

— Que vous a-t-on dit exactement ?

— Qu'il y avait eu un remue-ménage, près du

pont Marie, et qu'une ambulance était venue chercher le Toubib.

— C'est tout ?

— Il paraît que ce sont des mariniers qui l'ont retiré de l'eau...

— C'est ici que le Toubib achetait son vin ?

— Souvent...

— Il en buvait beaucoup ?

— Environ deux litres par jour... Quand il avait de l'argent...

— Comment le gagnait-il ?

— Comme ils le gagnent tous... En donnant un coup de main aux Halles ou ailleurs... Ou bien en promenant des panneaux-réclame dans les rues... A lui, je faisais volontiers crédit...

— Pourquoi ?

— Parce que ce n'était pas un vagabond comme les autres... Il a sauvé ma femme...

On la voyait dans la cuisine, presque aussi grosse que Léa, mais très alerte.

— Tu parles de moi ?

— Je raconte que le Toubib...

Alors, elle pénétrait dans le bistrot en s'essuyant les mains à son tablier.

— C'est vrai qu'on a essayé de le tuer ?... Vous êtes de la police ?... Vous croyez qu'il s'en tirera ?...

— On ne sait pas encore, répondait évasivement le commissaire. De quoi vous a-t-il sauvée ?

— Eh bien, si vous m'aviez vue il y a seule-

ment deux ans, vous ne me reconnaitriez pas...
J'étais couverte d'eczéma et ma figure était aussi
rouge qu'une pièce de viande à l'étal du boucher...
Cela durait depuis des mois et des mois... Au
dispensaire, on me faisait suivre des tas de traitements, on me donnait des pommades qui
sentaient mauvais au point que je me dégoûtais
moi-même... Rien n'y faisait... Je n'avais pour
ainsi dire plus le droit de manger, et d'ailleurs
je n'avais pas d'appétit... Ils me faisaient aussi
des piqûres...

Le patron l'écoutait en approuvant.

— Un jour que le Toubib était assis là, tenez,
dans le coin, près de la porte, et que je me plai-
gnais à la marchande de légumes, j'ai senti qu'il
me regardait d'une drôle de façon... Un peu
plus tard, il m'a dit de la même voix qu'il aurait
commandé un verre de vin :

« — Je crois que je peux vous guérir...

« Je lui ai demandé s'il était vraiment docteur
et il a souri.

« — On ne m'a pas retiré le droit de prati-
quer, a-t-il murmuré. »

— Il vous a remis une ordonnance ?

— Non. Il m'a demandé un peu d'argent,
deux cents francs, si je me souviens bien, et il
est allé lui-même chercher des petits sachets de
poudre chez le pharmacien.

« — Vous en prendrez un, dans de l'eau

tiède, avant chaque repas... Et vous vous laverez, matin et soir, avec de l'eau très salée...

« Vous me croirez si vous voulez mais, deux mois après, ma peau était redevenue comme elle est maintenant... »

— Il en a soigné d'autres que vous ?

— Je ne sais pas. Il ne parlait pas beaucoup...

— Il venait ici chaque jour ?

— Presque chaque jour, pour acheter ses deux litres...

— Il était toujours seul ? Vous ne l'avez jamais vu en compagnie d'un ou de plusieurs inconnus ?

— Non...

— Il ne vous a pas dit son vrai nom, ni où il avait vécu autrefois ?

— Je sais seulement qu'il a eu une fille... Nous en avons une, qui est à l'école à l'heure qu'il est... Une fois qu'elle le regardait curieusement, il lui a dit :

« — N'aie pas peur... J'ai eu une petite fille aussi... »

Lapointe ne s'étonnait-il pas de voir Maigret attacher tant d'importance à cette histoire de clochard ? Dans les journaux, cela ferait tout au plus un fait divers en quelques lignes.

Ce que Lapointe ignorait, parce qu'il était trop jeune, c'est que, de toute la carrière du commissaire, c'était la première fois qu'un crime était commis contre un clochard.

— Je vous dois combien ?

— Vous n'en prenez pas un autre ? A la santé du pauvre Toubib ?

Ils burent le second verre, que l'Italien refusa de leur laisser payer. Puis ils franchirent le pont Marie. Quelques minutes plus tard, ils pénétraient sous la voûte grise de l'Hôtel-Dieu. Là, il fallut parlementer longtemps avec une femme revêche embusquée derrière un guichet.

— Vous ne savez pas son nom ?

— Je sais seulement que, sur les quais, on l'appelle le Toubib et qu'il a été amené ici la nuit dernière...

— La nuit dernière, je n'y étais pas... Dans quel service l'a-t-on mis ?

— Je l'ignore... Tout à l'heure, j'ai téléphoné à un interne qui ne m'a pas parlé d'opération...

— Vous connaissez le nom de l'interne ?

— Non...

Elle tourna et retourna les pages d'un registre, donna deux ou trois coups de téléphone.

— Comment vous appelle-t-on encore ?

— Le commissaire Maigret...

Cela ne disait rien à cette femme qui répétait dans l'appareil :

— Le commissaire Maigret...

Enfin, après une dizaine de minutes, elle soupira, avec l'air de leur accorder une faveur :

— Prenez l'escalier C... Montez au troisième... Vous trouverez l'infirmière-chef de l'étage...

Ils rencontrèrent des infirmiers, de jeunes médecins, des malades en uniforme et, par des portes ouvertes, aperçurent des rangées de lits.

Au troisième, ils durent attendre encore car l'infirmière-chef avait une conversation animée avec deux hommes à qui elle semblait refuser ce qu'ils demandaient.

— Je n'y peux rien, finissait-elle par leur lancer. Adressez-vous à l'administration. Ce n'est pas moi qui fais les règlements...

Ils s'en allaient en grommelant entre leurs dents des phrases peu aimables et elle se tournait vers Maigret.

— C'est vous qui venez pour le clochard ?

— Commissaire Maigret... répétait-il.

Elle cherchait dans sa mémoire. Ce nom ne lui disait rien non plus. On se trouvait dans un autre monde, un monde de salles numérotées, de services compartimentés, de lits en rang dans de vastes pièces avec, au pied de chacun d'eux, une fiche sur laquelle étaient tracés des signes mysté-rieux.

— Comment va-t-il ?

— Je crois que le professeur Magnin s'en occupe en ce moment...

— Il a été opéré ?

— Qui vous a parlé d'opération ?

— Je ne sais pas... Je croyais...

Ici, Maigret ne se sentait pas à sa place et devenait timide.

— Sous quel nom l'avez-vous inscrit ?

— Le nom qui figurait sur sa carte d'identité.

— C'est vous qui détenez cette carte ?

— Je peux vous la montrer.

Elle pénétrait dans un petit bureau vitré, au fond du couloir, trouvait tout de suite une carte d'identité crasseuse, encore humide de l'eau de la Seine.

Nom : Keller.

Prénoms : François, Marie, Florentin.

Profession : chiffonnier.

Né à : Mulhouse, Bas-Rhin...

D'après ce document, l'homme avait soixante-trois ans et son adresse à Paris était un meublé de la place Maubert, que le commissaire connaissait bien et qui servait de domicile officiel à un certain nombre de clochards.

— Il a repris connaissance ?

Elle voulut reprendre la carte d'identité que le commissaire glissait dans sa poche et elle bougonna :

— Ce n'est pas régulier... Le règlement...

— Keller est dans une salle privée ?

— Et quoi encore ?

— Conduisez-moi vers lui...

Elle hésita, finit par céder.

— Après tout, vous vous arrangerez avec le professeur...

Les précédant, elle ouvrit la troisième porte, derrière laquelle on voyait deux rangs de lits,

tous occupés. La plupart des malades étaient
étendus, les yeux ouverts ; deux ou trois, dans le
fond, en costume de l'hôpital, se tenaient debout
et bavardaient à voix basse.

Près d'un des lits, vers le milieu de la salle,
une dizaine de jeunes gens et de jeunes filles en
blouse blanche, coiffés de calots, entouraient un
homme plus petit, râblé, les cheveux en brosse,
vêtu de blanc aussi, et paraissait leur faire un
cours.

— Vous ne pouvez pas le déranger pour le
moment... Vous voyez bien qu'il est occupé...

Elle allait pourtant chuchoter quelques mots à
l'oreille du professeur, qui jetait de loin un coup
d'œil à Maigret et reprenait le cours de ses expli-
cations.

— Il aura fini dans quelques minutes. Il vous
prie de l'attendre dans son bureau...

Elle les y conduisit. La pièce n'était pas
grande et il n'y avait que deux chaises. Sur le
bureau, dans un cadre d'argent, la photographie
d'une femme et de trois enfants dont les têtes se
touchaient.

Maigret hésita, finit par vider sa pipe dans le
cendrier plein de mégots de cigarette et par en
bourrer une autre.

— Excusez-moi de vous avoir fait attendre,
monsieur le commissaire... Quand mon infirmière
m'a appris que vous étiez là, j'ai été un peu
étonné... Après tout...

Allait-il dire, lui aussi, qu'après tout il ne s'agissait que d'un clochard ? Non.

— ... L'affaire est assez banale, je pense ?

— Je ne sais encore à peu près rien et c'est sur vous que je compte pour m'éclairer...

— Une belle fracture du crâne, bien nette, heureusement, mon assistant a dû vous le dire ce matin au téléphone...

— On ne l'avait pas encore radiographié...

— A présent, c'est fait... Il a des chances de s'en tirer, car le cerveau ne semble pas atteint...

— Cette fracture peut-elle avoir été produite par une chute sur le quai ?

— Certainement pas... L'homme a été frappé violemment avec un instrument lourd, un marteau, une clef anglaise, ou, par exemple, un démonte-pneus...

— Cela lui a fait perdre connaissance ?

— Il a tellement bien perdu connaissance qu'à l'heure qu'il est il se trouve dans le coma et qu'il pourrait y rester plusieurs jours... Tout comme, d'ailleurs, il peut revenir à lui d'une heure à l'autre...

Maigret avait devant les yeux l'image de la berge, de l'abri du Toubib, de l'eau bourbeuse qui coulait à quelques mètres, et il se souvenait des paroles du marinier flamand.

— Excusez-moi d'insister... Vous dites qu'il a reçu un coup sur la tête... Un seul ?

— Pourquoi me demandez-vous ça ?

— Cela peut avoir de l'importance...

— Au premier coup d'œil, j'ai pensé qu'il avait peut-être reçu plusieurs coups...

— Pourquoi ?

— Parce qu'une oreille est déchirée et qu'on trouve plusieurs blessures, peu profondes, au visage... Maintenant, qu'on l'a rasé, je l'ai examiné de près...

— Et vous concluez... ?

— Où cela s'est-il passé ?

— Sous le pont Marie.

— Au cours d'une bagarre ?

— Il paraît que non. L'homme était couché, semble-t-il, endormi, au moment où il a été attaqué... D'après vos constatations, est-ce plausible ?

— Tout à fait plausible...

— Et vous pensez qu'il a aussitôt perdu connaissance ?

— J'en suis à peu près certain... Et, après ce que vous venez de me dire, je comprends l'oreille déchirée et les égratignures au visage... On l'a retrouvé dans la Seine, n'est-ce pas ?... Ces blessures secondaires indiquent qu'au lieu de le porter on l'a traîné sur les pavés du quai... Y a-t-il du sable sur ce quai ?

— On décharge un bateau de sable à quelques mètres.

— J'en ai retrouvé dans les blessures.

— Selon vous, donc, le Toubib...

— Vous dites ? s'étonnait le professeur.

— C'est ainsi qu'on le surnomme sur les quais... Il se pourrait qu'il ait été vraiment médecin...

C'était le premier médecin aussi, en trente ans, que le commissaire retrouvait sous les ponts. Il avait connu, naguère, un ancien professeur de chimie d'un lycée de province et, quelques années plus tard, une femme qui avait connu son heure de célébrité comme écuyère de cirque.

— Je suis persuadé qu'il était couché, sans doute endormi, quand son ou ses agresseurs l'ont frappé...

— Un seul a frappé, puisqu'il n'y a eu qu'un seul coup...

— C'est exact... Il a perdu connaissance, de sorte qu'on a pu le croire mort...

— Tout à fait plausible...

— Au lieu de le porter, on l'a traîné jusqu'au bord de la Seine et on l'a basculé dans l'eau...

Le médecin écoutait gravement, l'air réfléchi.

— Cela se tient ? insistait Maigret.

— Parfaitement.

— Est-il médicalement possible qu'une fois dans le fleuve, dans le courant qui l'emportait, il se soit mis à crier ?

Le professeur se grattait la tête.

— Vous m'en demandez beaucoup et cela m'ennuyerait de vous répondre trop catégoriquement... Mettons que je ne croie pas la chose impossible... Sous l'effet du contact avec l'eau froide...

— Il aurait donc repris connaissance ?

— Pas nécessairement... Des malades dans le coma parlent et s'agitent... On peut admettre...

— Il n'a rien dit pendant que vous l'examiniez ?

— Il lui est arrivé plusieurs fois de gémir...

— On prétend que, lorsqu'on l'a retiré de l'eau, il avait les yeux ouverts...

— Ceci ne prouve rien... Je suppose que vous aimeriez le voir ?... Venez avec moi...

Il les emmenait vers la troisième porte et l'infirmière-chef les regardait passer avec un certain étonnement et sans doute aussi une certaine réprobation.

Les malades, dans les lits, suivaient des yeux le petit groupe qui s'arrêtait au chevet de l'un d'eux.

— Vous ne voyez pas grand-chose...

En fait, on ne voyait que des pansements qui entouraient la tête et le visage du clochard, ne laissant à découvert que les yeux, les narines et la bouche.

— Combien de chances a-t-il de s'en tirer ?

— Soixante-dix pour cent... Mettons quatre-vingts, car le cœur est resté vigoureux...

— Je vous remercie...

— On vous préviendra dès qu'il reprendra conscience... Laissez votre numéro de téléphone à l'infirmière-chef...

Cela faisait du bien de se retrouver dehors, de voir le soleil, les passants, un car jaune et rouge qui débarquait ses touristes sur le parvis de Notre-Dame.

Maigret marchait à nouveau sans rien dire, les mains derrière le dos, et Lapointe, le sentant préoccupé, évitait de parler.

Ils pénétrèrent sous la voûte de la P.J., s'engagèrent dans le grand escalier que le soleil faisait paraître plus poussiéreux, entraient enfin dans le bureau du commissaire.

Celui-ci commençait par aller ouvrir la fenêtre toute grande et il suivit des yeux un train de péniches qui descendait le courant.

— Il faut envoyer quelqu'un de là-haut examiner ses affaires...

« Là-haut », c'était l'Identité Judiciaire, les techniciens, les spécialistes.

— Le mieux serait de prendre la camionnette et de tout déménager.

Il ne craignait pas que d'autres clochards s'emparent des quelques objets appartenant au Toubib, mais il avait plus peur des gamins chapardeurs.

— Quant à toi, tu iras aux Ponts-et-Chaussées... Il ne doit pas y avoir tant de 403 rouges à Paris... Relève les numéros qui comportent deux 9... Fais-toi aider par autant d'hommes qu'il en faudra pour vérifier chez les propriétaires...

— Compris, patron...

Une fois seul, Maigret arrangea ses pipes, parcourut les notes de service empilées sur son bureau. Il hésita, à cause du beau temps, à déjeuner à la brasserie Dauphine, décida en fin de compte de rentrer chez lui.

C'était l'heure où le soleil emplissait la salle à manger. Mme Maigret portait une robe à fleurs roses qui lui fit penser au corsage, presque du même rose, de la grosse Léa.

Rêveur, il mangeait son foie de veau en papillotes quand sa femme lui demanda :

— A quoi penses-tu ?

— A mon clochard...

— Quel clochard ?

— Un type qui aurait été médecin autrefois...

— Qu'est-ce qu'il a fait ?

— Rien que je sache. C'est à lui qu'on a presque fendu la tête alors qu'il dormait sous le pont Marie... Après quoi on l'a jeté à l'eau...

— Il est mort ?

— Des mariniers l'ont repêché à temps...

— Que lui voulait-on ?

— C'est ce que je me demande... Au fait, il est originaire du pays de ton beau-frère...

La sœur de Mme Maigret habitait Mulhouse avec son mari qui était ingénieur des Ponts-et-Chaussées. Les Maigret étaient allés assez souvent la voir.

— Comment s'appelle-t-il ?

— Keller... François Keller...

— C'est drôle, mais le nom me dit quelque chose...

— C'est un nom assez courant là-bas...

— Si je téléphonais à ma sœur ?

Il haussa les épaules. Pourquoi pas ? Il n'y croyait guère, mais cela ferait plaisir à sa femme.

Dès qu'elle eut servi le café, elle appela Mulhouse, n'attendit la communication que quelques minutes et, pendant ce temps, elle répétait du bout des lèvres, comme quelqu'un qui cherche à se souvenir :

— Keller... François Keller...

La sonnerie résonna.

— Allô !... Allô, oui !... Oui, mademoiselle, c'est moi qui demande Mulhouse... C'est toi, Florence ?... Comment ?... C'est moi, oui... Mais non, il n'est rien arrivé... De Paris... Je suis chez nous... Il est près de moi, à boire son café... Il va bien... Tout va très bien... Ici aussi... On a enfin le printemps...

« Comment sont les enfants ?... La grippe ?... Je l'ai eue la semaine dernière... Pas grave, non... Ecoute... Ce n'est pas pour ça que je te téléphone... Te souviens-tu par hasard d'un nommé Keller ?... François Keller... Comment ?... Je vais le lui demander... »

Et, tournée vers Maigret, elle questionnait :

— Quel âge a-t-il ?

— Soixante-quatre ans...

— Soixante-quatre ans... Oui... Tu ne l'as pas

connu personnellement ?... Qu'est-ce que tu dis ?...
Ne coupez pas, mademoiselle... Allô !... Oui, il
était médecin... Depuis une demi-heure, j'essaie
de me rappeler par qui j'en ai entendu parler...
Tu crois que c'est par ton mari ?...

« Oui... Attends... Je répète ce que tu me dis
au mien, qui a l'air de s'impatienter... Il a épousé
une fille Merville... Qu'est-ce que c'est, les Merville ?... Conseiller à la Cour ?... Il a épousé la
fille d'un conseiller à la Cour ?... Bon... Celui-
ci est mort... Il y a longtemps... Bon... Ne
t'étonne pas si je répète tout mais, autrement,
j'aurais peur d'oublier quelque chose... Une
vieille famille de Mulhouse... Le grand-père a été
maire et... Je n'entends pas bien... Sa statue...
Je ne crois pas que ce soit important... Peu
importe si tu n'es pas sûre...

« Allô !... Keller l'a épousée... Fille unique...
Rue du Sauvage ?... Le couple vivait rue du
Sauvage... Un original ?... Pourquoi ?... Tu ne
sais pas au juste... Ah ! oui... je comprends...
Aussi sauvage que sa rue... »

Elle regardait Maigret avec l'air de dire
qu'elle faisait son possible.

— Oui... Oui... Peu importe si ce n'est pas
intéressant... Avec lui, on ne sait jamais... C'est
quelquefois un détail sans importance... Oui... En
quelle année ?... Il y a donc vingt ans à peu
près... Elle a hérité d'une tante... Et il est parti...

Pas tout de suite... Il a encore vécu un an avec elle...

« Ils avaient des enfants ?... Une fille ?... A qui ?... Rousselet, des produits pharmaceutiques ?... Elle vit à Paris ?... »

Elle répétait pour son mari :

— Ils avaient une fille qui a épousé le fils Rousselet, des produits pharmaceutiques, et ils vivent à Paris...

Et, tournée vers l'appareil :

— Je comprends... Ecoute. Essaie d'en apprendre davantage... Oui... Merci... Embrasse ton mari et tes enfants pour moi. Rappelle-moi à n'importe quelle heure... Je ne sors pas...

Un bruit de baisers. Maintenant, elle s'adressait à Maigret.

— J'étais sûre que je connaissais le nom. Tu as compris ? Il semble bien que ce soit ce Keller-là, François, qui était médecin et qui a épousé la fille d'un magistrat... Celui-ci est mort peu avant le mariage...

— Et la mère ? questionna-t-il.

Elle le regarda vivement, se demandant s'il parlait avec ironie.

— Je ne sais pas. Florence ne m'en a rien dit... Il y a une vingtaine d'années, Mme Keller a hérité d'une de ses tantes... Elle est maintenant très riche... Le docteur était un original... Tu as entendu ce que j'ai dit ?... Un sauvage, selon le mot de ma sœur... Ils ont quitté leur maison

pour s'installer dans un hôtel particulier près de
la cathédrale... Il est encore resté un an avec elle,
puis il a tout à coup disparu...

« Florence va téléphoner à ses amies, surtout
les plus âgées, pour obtenir d'autres renseignements... Elle a promis de me rappeler...

« Cela t'intéresse ? »

— Tout m'intéresse, soupira-t-il en se levant
de son fauteuil pour aller changer de pipe au
râtelier.

— Tu crois que cela va t'obliger à te rendre à
Muhouse ?

— Je ne sais pas encore.

— Tu m'emmènerais ?

Ils sourirent tous les deux. La fenêtre était
ouverte. Le soleil les baignait et leur donnait des
idées de vacances.

— A ce soir... Je noterai tout ce qu'elle me
dira... Même si tu dois rire d'elle et de moi...

3

LE jeune Lapointe devait courir Paris à la
recherche des 403 rouges. Janvier n'était pas non
plus à sa place dans le bureau des inspecteurs
car on l'avait appelé à la clinique où il arpentait
les couloirs en attendant que sa femme lui donne
un quatrième enfant.

— Vous faites quelque chose d'urgent, Lucas ?

— Cela peut attendre, patron.

— Venez un moment dans mon bureau.

C'était pour l'envoyer à l'Hôtel-Dieu chercher les effets du Toubib. Il n'y avait pas pensé
le matin.

— On va sans doute vous renvoyer de bureau
à bureau et vous objecter je ne sais quels textes
administratifs... Vous feriez mieux de vous munir
d'une lettre qui les impressionne, avec le plus de
cachets possible...

— Par qui la ferai-je signer ?

— Signez-la vous-même... Avec eux, ce sont les cachets qui comptent... J'aimerais aussi avoir les empreintes digitales du nommé François Keller... Au fait, c'est plus simple de me demander le directeur de l'hôpital au bout du fil...

Un moineau, sur le rebord de la fenêtre, les regardait tous les deux s'agiter dans ce qui devait être à ses yeux un nid d'hommes. Très poli, Maigret annonçait la visite du brigadier Lucas et tout se passa le mieux du monde.

— Pas besoin de lettre, annonça-t-il en raccrochant. On vous conduira tout de suite chez le directeur qui vous pilotera lui-même...

Un peu plus tard, il était seul à feuilleter l'annuaire des téléphones de Paris.

— Rousselet... Rousselet... Amédée... Arthur... Aline...

Il y avait une tapée de Rousselet mais il trouva, en caractères plus gras : Laboratoires René Rousselet.

Les laboratoires se trouvaient dans le XIV°, du côté de la porte d'Orléans. L'adresse particulière de ce Rousselet-là figurait juste en dessous : boulevard Suchet, dans le XVI°.

Il était deux heures et demie. Le temps était toujours aussi radieux, après un coup de vent qui avait soulevé la poussière des trottoirs et laissé croire à un orage.

— Allô !... Je voudrais parler à Mme Rousselet, s'il vous plaît...

Une voix de femme aux intonations graves et
fort agréables questionnait :

— De la part de qui ?

— Du commissaire Maigret, de la Police Judiciaire...

Il y avait un silence, puis :

— Pouvez-vous me dire de quoi il s'agit ?

— C'est personnel...

— Je suis Mme Rousselet.

— Vous êtes née à Mulhouse et votre nom de
jeune fille est bien Keller ?

— Oui.

— J'aimerais avoir un entretien avec vous le
plus tôt possible... Puis-je passer à votre domicile ?

— Vous avez une mauvaise nouvelle à
m'annoncer ?

— J'ai seulement besoin de quelques renseignements.

— Quand voudriez-vous venir ?

— Le temps de me rendre chez vous...

Il l'entendait dire à quelqu'un, sans doute à
un enfant :

— Laisse-moi parler, Jeannot...

On la sentait surprise, intriguée, inquiète.

— Je vous attends, monsieur le commissaire...
Notre appartement est au troisième étage...

Il avait aimé, le matin, l'atmosphère des quais qui lui rappelait tant de souvenirs et, en particulier, tant de promenades avec Mme Maigret, quand il leur arrivait de longer la Seine d'un bout de Paris à l'autre. Il apprécia tout autant les avenues paisibles, les maisons cossues et les arbres des beaux quartiers où le conduisait une petite auto de la P. J. pilotée par l'inspecteur Torrence.

— Je monte avec vous, patron ?

— Je pense qu'il vaut mieux pas.

L'immeuble avait une porte en fer forgé doublée de verre et le hall d'entrée était en marbre blanc, l'ascenseur spacieux montait en silence, sans un choc, sans un grincement. Il eut à peine le temps de presser le bouton de sonnerie que la porte s'ouvrait et qu'un valet de chambre en veste blanche se saisissait de son chapeau.

— Par ici, voulez-vous ?...

Il y avait un ballon rouge dans l'entrée, une poupée sur le tapis et il entrevit une nurse qui poussait une petite fille en blanc vers le fond d'un couloir. Une autre porte s'ouvrait, celle d'un boudoir qui donnait sur le grand salon.

— Entrez, monsieur le commissaire...

Maigret avait calculé qu'elle devait avoir dans les trente-cinq ans. Elle ne les paraissait pas. Elle était brune, vêtue d'un tailleur léger. Son regard, qui avait la même douceur, le même moelleux

que sa voix, posait déjà une question, tandis que
le domestique refermait la porte.

— Asseyez-vous... Depuis que vous m'avez
téléphoné, je me demande...

Au lieu d'entrer dans le cœur du sujet, il
demanda machinalement :

— Vous avez plusieurs enfants ?

— Quatre... Onze ans, neuf ans, sept ans et
trois ans...

C'était sans doute la première fois qu'un
policier pénétrait chez elle et elle gardait les yeux
fixés sur lui.

— Je me suis d'abord demandé s'il était
arrivé quelque chose à mon mari...

— Il est à Paris ?

— Pas pour le moment. Il assiste à un congrès,
à Bruxelles, et je lui ai téléphoné tout de suite...

— Vous vous souvenez bien de votre père,
Mme Rousselet ?

Elle parut se détendre un tant soit peu. Il y
avait des fleurs partout et, par les grandes fenêtres, on apercevait les arbres du bois de Bou-
logne.

— Je m'en souviens, oui... Bien que...

Elle semblait hésiter à poursuivre.

— Quand l'avez-vous vu pour la dernière
fois ?

— Il y a très longtemps de ça... J'avais treize
ans...

— Vous habitiez encore Mulhouse ?

— Oui... Je ne suis venue à Paris qu'après mon mariage...

— C'est à Mulhouse que vous avez rencontré votre mari ?

— A La Baule, où nous allions tous les ans, ma mère et moi...

On entendait des voix d'enfants, des cris, comme des glissades dans les couloirs.

— Excusez-moi un instant...

Elle referma la porte derrière elle, parla à voix basse, non sans énergie.

— Je vous demande pardon... Ils ne sont pas en classe aujourd'hui et je leur avais promis de sortir avec eux...

— Vous reconnaîtriez votre père ?

— Je suppose... Oui...

Il tirait de sa poche la carte d'identité du Toubib. La photographie, d'après la date de délivrance de cette carte, était vieille d'environ cinq ans. C'était une de ces photos prises par un appareil automatique comme on en trouve dans les grands magasins, dans les gares et même à la Préfecture de Police.

François Keller ne s'était pas rasé pour la circonstance et n'avait fait aucun effort de toilette. Ses joues étaient envahies par une barbe de deux ou trois centimètres qu'il devait couper de temps en temps avec des ciseaux. Les tempes

commençaient à se dégarnir et le regard était
neutre, indifférent.

— C'est lui ?

Elle tenait le document d'une main qui trem-
blait un peu, se penchait pour mieux voir. Elle
devait être myope.

— Ce n'est pas ainsi qu'il est resté dans ma
mémoire, mais je suis à peu près sûre que c'est
lui...

Elle se penchait davantage.

— Avec une loupe, je pourrais... Attendez...
Je vais en chercher une...

Elle laissait la carte d'identité sur un guéridon,
disparaissait, revenait quelques minutes plus tard
avec une loupe.

— Il avait une cicatrice, petite, mais pro-
fonde, au-dessus de l'œil gauche... Tenez... On ne
la distingue pas très bien sur ce portrait, mais il
me semble qu'elle y est... Regardez vous-même...

Il regardait à la loupe, lui aussi.

— Si je m'en souviens aussi bien, c'est que
c'est à cause de moi qu'il s'est blessé... Nous
nous promenions dans la campagne, un dimanche... Il faisait très chaud et, le long d'un champ
de blé, il y avait une profusion de coquelicots...

« J'ai voulu aller en cueillir. Le champ était
entouré de fils de fer barbelés... J'avais environ
huit ans... Mon père a écarté les fils de fer pour
me permettre de passer... Il maintenait le fil du
bas avec son pied et il était penché en avant...

C'est drôle que je revoie si bien la scène, alors que j'ai oublié tant d'autres choses... Son pied a dû glisser et le barbelé, faisant ressort, s'est relevé brusquement en le frappant au visage...

« Ma mère craignait que l'œil ait été touché... Il saignait beaucoup... Nous avons marché vers une ferme pour trouver de l'eau et de quoi faire un pansement...

« Il a gardé la cicatrice... »

Tout en parlant, elle continuait à observer Maigret avec inquiétude et on aurait pu croire qu'elle retardait le moment où il lui apprendrait l'objet précis de sa visite.

— Il lui est arrivé quelque chose ?

— Il a été blessé la nuit dernière, à la tête encore, mais les médecins ne pensent pas que ses jours soient en danger...

— Cela s'est passé à Paris ?

— Oui... Sur la berge de la Seine... Celui ou ceux qui l'ont attaqué l'ont ensuite jeté à l'eau...

Il ne la quittait pas des yeux, guettant ses réactions, et elle n'essayait pas de se soustraire à cet examen.

— Vous savez comment vivait votre père ?

— Pas exactement...

— Que voulez-vous dire ?

— Quand il nous a quittées...

— Vous aviez treize ans, m'avez-vous dit... Vous souvenez-vous de son départ ?

— Non... Un matin, je ne l'ai pas vu dans la

maison et, comme je m'étonnais, ma mère m'a
annoncé qu'il était parti pour un long voyage...

— Quand avez-vous su où il était ?

— Quelques mois plus tard, ma mère m'a
appris qu'il était en Afrique, en pleine brousse,
où il soignait les nègres...

— C'était vrai ?

— Je suppose que oui... Plus tard, d'ailleurs,
des gens qui l'avaient rencontré là-bas nous ont
parlé de lui... Il vivait au Gabon, dans un poste
situé à des centaines de kilomètres de Libreville...

— Il y est resté longtemps ?

— Plusieurs années, en tout cas... Certains, à
Mulhouse, le considéraient comme une sorte de
saint... D'autres...

Il attendait. Elle hésita.

— D'autres le traitaient de tête brûlée, de
demi-fou...

— Et votre mère ?

— Je crois que maman s'était résignée une
fois pour toutes...

— Quel âge a-t-elle à présent ?

— Cinquante-quatre ans... Non, cinquante-
cinq... Je sais maintenant qu'il lui avait laissé
une lettre, qu'elle ne m'a jamais montrée, dans
laquelle il lui annonçait qu'il ne reviendrait sans
doute pas et qu'il était prêt à lui faciliter le
divorce...

— Elle a divorcé ?

— Non. Maman est très catholique...

— Votre mari est au courant ?

— Bien entendu. Nous ne lui avons rien caché...

— Vous ignoriez que votre père fût revenu à Paris ?

Elle eut un rapide battement de paupières, faillit mentir, Maigret en était sûr.

— Oui et non... Je ne l'ai jamais revu de mes yeux... Nous n'avions pas de certitude, maman et moi... Quelqu'un de Mulhouse, cependant, lui a parlé d'un homme-sandwich, rencontré boulevard Saint-Michel, qui ressemblait étrangement à mon père... C'est un vieil ami de maman... Il paraît que, quand il a prononcé le nom de François, l'homme a tressailli, mais qu'il a fait ensuite semblant de ne pas le reconnaître...

— L'idée n'est venue ni à votre mère, ni à vous, de vous adresser à la police ?

— A quoi bon ?... Il a choisi son destin... Il n'était sans doute pas fait pour vivre avec nous...

— Vous ne vous êtes pas posé de questions à son sujet ?

— Nous en avons parlé plusieurs fois, mon mari et moi...

— Et avec votre mère ?

— Je lui ai posé des questions, évidemment, avant et après mon mariage...

— Quel est son point de vue ?

— C'est difficile à dire, comme ça, en quelques phrases... Elle le plaint... Moi aussi...

Encore que je me demande parfois s'il n'est pas
plus heureux ainsi...

Plus bas, avec quelque gêne, elle ajoutait :

— Il y a des gens qui ne s'adaptent pas à la
vie que nous menons... Ensuite, maman...

Elle se leva, nerveuse, marcha jusqu'à la
fenêtre, regarda un moment dehors avant de faire
face à nouveau.

— Je n'ai pas de mal à dire d'elle... Elle a
son point de vue sur la vie, elle aussi... Je
suppose que chacun a le sien... Le mot autoritaire est trop fort, mais elle n'en tient pas moins
à ce que les choses se passent selon ses désirs...

— Après le départ de votre père, vous vous
êtes bien entendue avec elle ?

— Plus ou moins bien... J'ai quand même été
heureuse de me marier et...

— Et d'échapper à son autorité ?

— Il y a de cela...

Elle sourit.

— Ce n'est pas très original et beaucoup de
jeunes filles sont dans le même cas... Ma mère
aime sortir, recevoir, rencontrer des personnages
importants... A Mulhouse, c'était chez elle que
tout ce qui compte en ville se réunissait...

— Même du vivant de votre père ?

— Les deux dernières années, oui...

— Pourquoi les deux dernières ?

Il se souvenait de la longue conversation
téléphonique de Mme Maigret avec sa sœur et

s'en voulait un peu d'en apprendre plus ici que
sa femme n'allait en apprendre.

— Parce que maman avait hérité de sa tante...
Avant, nous vivions assez petitement, dans une
maison modeste... Nous n'habitions même pas un
beau quartier et mon père avait surtout une
clientèle d'ouvriers... Personne ne s'attendait à
cet héritage... On a déménagé... Maman a acheté
un hôtel particulier près de la cathédrale et elle
n'était pas fâchée qu'il y eût un blason sculpté
au-dessus du portail...

— Vous avez connu la famille de votre père ?

— Non... J'avais seulement vu son frère un
certain nombre de fois avant qu'il soit tué à la
guerre, en Syrie, si je ne me trompe, en tout
cas pas en France...

— Son père ?... Sa mère ?...

On entendait une fois de plus des voix d'enfants,
mais elle ne s'en préoccupa pas.

— Sa mère est morte d'un cancer quand mon
père avait une quinzaine d'années... Son père
était entrepreneur de menuiserie et de char-
pente... D'après maman, il avait une dizaine
d'ouvriers... Un beau matin, alors que mon père
était encore à l'université, on l'a trouvé pendu
dans l'atelier et on a découvert qu'il était sur le
point de faire faillite...

— Votre père a quand même pu finir ses
études ?

— En travaillant chez un pharmacien...

— Comment était-il ?

— Très doux... Je sais que cela ne répond guère à votre question, mais c'est surtout l'impression qu'il m'a laissée... Très doux et un peu triste...

— Il se disputait avec votre mère ?

— Je ne l'ai jamais entendu élever la voix... Il est vrai que, quand il n'était pas dans son cabinet, il passait la plus grande partie de son temps à visiter ses malades... Je me souviens que ma mère lui reprochait de n'avoir aucun soin de sa personne, de toujours porter le même complet non repassé, de rester parfois trois jours sans se raser... Moi, je lui disais qu'il me piquait avec sa barbe en m'embrassant...

— Je suppose que vous ignorez tout des relations de votre père avec ses confrères ?

— Ce que j'en sais, c'est par maman... Seulement, avec elle, il est difficile de discerner le vrai de l'à peu près vrai... Elle ne ment pas... Elle arrange la vérité pour que celle-ci ressemble à ce qu'elle désirerait qu'elle soit... Du moment qu'elle avait épousé mon père, il fallait qu'il fût quelqu'un d'extraordinaire...

« — Ton père est le meilleur médecin de la ville, me disait-elle, sans doute un des meilleurs de France... Malheureusement... »

Elle souriait à nouveau.

— Vous devinez la suite... Il ne savait pas

s'adapter... Il refusait de faire comme les autres...
Elle laissait entendre que, si mon grand-père
s'était pendu, ce n'est pas à cause de la faillite
proche, mais parce qu'il était neurasthénique...
Il avait une fille, qui a passé un certain temps
dans une maison de santé...

— Qu'est-elle devenue ?

— Je l'ignore... Je crois que ma mère l'ignore
aussi... En tout cas, elle a quitté Mulhouse...

— Votre mère y habite toujours ?

— Il y a longtemps qu'elle vit à Paris...

— Pouvez-vous me donner son adresse ?

— Quai d'Orléans... 29 bis...

Maigret avait tressailli, mais elle ne le remarqua pas.

— C'est dans l'île Saint-Louis. Depuis que
l'île est devenue un des endroits les plus recher-
chés de Paris...

— Vous savez où votre père a été attaqué la
nuit dernière ?

— Evidemment non.

— Sous le pont Marie... A trois cents mètres
de chez votre mère...

Elle fronçait les sourcils, inquiète.

— C'est sur l'autre bras de la Seine, n'est-ce
pas ? Les fenêtres de maman donnent sur le quai
des Tournelles...

— Elle a un chien ?

— Pourquoi demandez-vous ça ?

Pendant les quelques mois que Maigret avait habité la place des Vosges, alors qu'on remettait à neuf l'immeuble du boulevard Richard-Lenoir, ils allaient souvent, sa femme et lui, se promener le soir autour de l'île Saint-Louis. Or, c'était l'heure où les propriétaires de chiens promenaient ceux-ci le long des berges, ou les faisaient promener par un domestique.

— Maman n'a que des oiseaux... Elle a horreur des chiens et des chats...

Et, changeant de sujet :

— Où a-t-on transporté mon père ?

— A l'Hôtel-Dieu, l'hôpital le plus proche...

— Vous voudriez sans doute...

— Pas maintenant... Je vous demanderai peut-être de venir le reconnaître, afin d'avoir une certitude absolue quant à son identité mais, pour le moment, il a la tête et le visage entourés de pansements...

— Il souffre beaucoup ?

— Il est dans le coma et ne se rend compte de rien...

— Pourquoi a-t-on fait ça ?

— C'est ce que je cherche à savoir...

Il y a eu une bagarre ?

— Non. On l'a frappé alors que, selon toutes probabilités, il était endormi...

— Sous le pont ?

Il se levait à son tour.

— Je suppose que vous allez voir ma mère ?

— Il m'est difficile d'agir autrement...

— Vous permettez que je lui téléphone pour lui annoncer la nouvelle ?

Il hésita. Il aurait préféré observer les réactions de Mme Keller. Cependant, il n'insista pas.

— Je vous remercie, monsieur le commissaire... Ce sera dans les journaux ?

— L'agression doit être annoncée, à l'heure qu'il est, en quelques lignes, et le nom de votre père n'y figure certainement pas, car je ne l'ai connu moi-même qu'au milieu de la matinée...

— Maman insistera pour qu'on n'en parle pas...

— Je ferai mon possible...

Elle le reconduisit jusqu'à la porte tandis qu'une petite fille s'accrochait à sa jupe.

— Nous sortons tout de suite, mon petit... Va demander à Nana de t'habiller...

Torrence arpentait le trottoir devant la maison et la petite voiture noire de la P. J. faisait piètre figure parmi les longues et brillantes autos de maître.

— Quai des Orfèvres ?

— Non... Ile Saint-Louis... Quai d'Orléans...

L'immeuble était ancien, avec une immense porte cochère, mais il était entretenu comme un

meuble de prix. Les cuivres, la rampe d'escalier,
les marches, les murs étaient nets et polis, sans
un grain de poussière ; la concierge elle-même, en
robe noire et en tablier blanc, avait l'air d'une
domestique de bonne maison.

— Vous avez rendez-vous ?

— Non. Mme Keller attend ma visite...

— Un instant, s'il vous plaît...

La loge était un petit salon qui sentait davantage l'encaustique que la cuisine. La concierge
saisissait le téléphone.

— Comment vous appelle-t-on ?

— Commissaire Maigret...

— Allô... Berthe ?... Veux-tu dire à madame
qu'un certain commissaire Maigret demande à la
voir ?... Oui, il est ici... Il peut monter ?...
Merci... Vous pouvez monter... Deuxième étage à
droite...

Maigret se demanda, en gravissant l'escalier,
si les Flamands étaient encore amarrés au quai
des Célestins ou si, le procès-verbal signé, ils
descendaient déjà le fleuve en direction de Rouen.
La porte s'ouvrit sans qu'il eût besoin de sonner.
La bonne, jeune et jolie, examina le commissaire
des pieds à la tête comme si c'était la première
fois de sa vie qu'elle voyait un policier en chair
et en os.

— Par ici... Donnez-moi votre chapeau...

L'appartement, très haut de plafond, était

décoré en style baroque, avec beaucoup de do-
rures, des meubles abondamment sculptés. Dès
l'entrée, on entendait un pépiement de perruches
et, la porte du salon ouverte, on apercevait une
immense cage qui devait en contenir une dizaine
de couples.

Il attendit une dizaine de minutes, finit, par
protestation, par allumer sa pipe. Il est vrai qu'il
la retira de sa bouche dès que Mme Keller fit
son entrée. Ce fut un choc pour lui de la trouver
si menue, si frêle et si jeune à la fois. Elle
paraissait à peine dix ans de plus que sa fille et,
vêtue de noir et blanc, elle avait le teint clair,
les yeux couleur de myosotis.

— J'acqueline m'a téléphoné... dit-elle tout
de suite en désignant à Maigret un fauteuil à
haut dossier droit, aussi inconfortable que possible.

Elle-même s'asseyait sur un tabouret recouvert
de tapisserie ancienne et se tenait comme on
avait dû lui apprendre à se tenir au couvent.

— Ainsi donc, vous avez retrouvé mon mari...

— Nous ne le cherchions pas... répliqua-
t-il.

— Je m'en doute... Je ne vois pas pourquoi
vous l'auriez recherché... Chacun est libre de
vivre sa vie... Est-ce vrai que ses jours ne sont
pas en danger ou bien avez-vous dit ça à ma fille
pour la ménager ?

— Le professeur Magnin lui donne quatre-
vingts chances sur cent de se rétablir...

— Magnin ?... Je le connais fort bien... Il est
venu plusieurs fois ici...

— Vous saviez que votre mari était à Paris ?

— Je le savais sans le savoir... Depuis son
départ pour le Gabon, il y a près de vingt ans,
j'ai reçu en tout et pour tout deux cartes postales... Et c'était dans les tout premiers temps de
son séjour en Afrique...

Elle ne lui jouait pas la comédie de la tris-
tesse et elle le regardait bien en face, en femme
qui a l'habitude de toutes les sortes de situations.

— Vous êtes sûr, au moins, qu'il s'agit bien
de lui ?

— Votre fille l'a reconnu...

Il lui tendait à son tour la carte d'identité
avec la photographie. Elle allait chercher des
lunettes sur une commode, examinait attentive-
ment le portrait sans qu'on pût lire aucune
émotion sur son visage.

— Jacqueline a raison... Evidemment, il a
changé, mais je jurerais, moi aussi, que c'est
François...

Elle relevait la tête.

— C'est vrai qu'il vivait à quelques pas d'ici ?

— Sous le pont Marie...

— Et moi qui franchis ce pont plusieurs fois
par semaine, car j'ai une amie qui habite juste

de l'autre côté de la Seine... Il s'agit de Mme
Lambois... Vous devez connaître le nom... Son
mari...

Maigret n'attendit pas de savoir qu'elle haute
situation occupait le mari de Mme Lambois.

— Vous n'avez pas revu votre mari depuis le
jour où il a quitté Mulhouse ?

— Jamais.

— Il ne vous a pas écrit, ni téléphoné ?

— A part les deux cartes postales, je n'ai eu
aucune nouvelle de lui... En tout cas, pas directement...

— Et indirectement ?

— Il m'est arrivé de rencontrer, chez des
amis, un ancien gouverneur du Gabon, Pérignon,
qui m'a demandé si j'étais parente avec un
docteur Keller...

— Qu'avez-vous répondu ?

— La vérité... Il a paru embarrassé... J'ai dû
lui tirer les vers du nez... Alors, il m'a avoué
que François n'avait pas trouvé là-bas ce qu'il y
cherchait.

— Qu'est-ce qu'il cherchait ?

— C'était un idéaliste, vous comprenez ?... Il
n'était pas fait pour la vie moderne... Après sa
déception de Mulhouse...

Maigret se montrait surpris.

— Ma fille ne vous en a pas parlé ?... Il est
vrai qu'elle était si jeune et qu'elle voyait si peu

son père !... Au lieu de se faire la clientèle qu'il méritait... Vous prendrez une tasse de thé ?... Non ?... Excusez-moi d'en prendre devant vous, mais c'est l'heure de mon thé...

Elle sonnait.

— Mon thé, Berthe...

— Pour une personne ?

— Oui... Qu'est-ce que je pourrais vous offrir, commissaire ?... Un whisky ?... Rien ?... Comme vous voudrez... Que disais-je ?... Ah ! oui. Est-ce que quelqu'un n'a pas écrit un roman qui s'intitule le Médecin des Pauvres ?... Ou bien est-ce le Médecin de Campagne ?... Eh bien, mon mari était une sorte de médecin des pauvres et, si je n'avais pas hérité de ma tante, nous serions devenus aussi pauvres qu'eux... Remarquez que je ne lui en veux pas... C'était dans sa nature.. Son père... Peu importe... Chaque famille a ses problèmes...

Le téléphone sonnait.

— Vous permettez ?... Allô !... C'est moi, oui... Alice ?... Oui, ma chérie... Je serai peut-être un peu en retard. Mais non !.. Très bien, au contraire... Tu as vu Laure ?... Elle sera là ?... Je ne t'en dis pas plus long, parce que j'ai une visite... Je te raconterai, oui... A tout à l'heure...

Elle revenait à sa place, souriante.

— C'est la femme du ministre de l'Intérieur... Vous la connaissez ?

Maigret se contentait de faire signe que non et, machinalement, remettait sa pipe dans sa poche. Les perruches l'agaçaient. Les interruptions aussi. Maintenant, c'était la bonne qui venait servir le thé.

— Il s'était mis en tête de devenir médecin des hôpitaux et, pendant deux ans, il a travaillé dur à préparer le concours... Si vous connaissez Mulhouse, on vous dira que cela a été une injustice flagrante... François était certainement le meilleur, le plus calé... Et, là, je crois qu'il aurait été à sa place... Comme toujours, c'est le protégé d'un grand patron qui a été nommé... Ce n'était pas une raison pour tout lâcher...

— C'est à la suite de cette déception...

— Je le suppose... Je le voyais si peu !... Quand il était à la maison, c'était pour s'enfermer dans son cabinet... Il avait toujours été assez sauvage mais, dès ce moment-là, on aurait dit qu'il perdait les pédales... Je ne veux pas dire de mal de lui... L'idée ne m'est même pas venue de divorcer alors que, dans sa lettre, il me le proposait...

— Il buvait ?

— Ma fille vous l'a dit ?

— Non.

— Il s'est mis à boire, oui... Remarquez que je ne l'ai jamais vu ivre... Mais il avait toujours une bouteille dans son cabinet et on l'a vu sortir

assez souvent de petits bistrots qu'un homme de
sa condition n'a pas l'habitude de fréquenter...

— Vous aviez commencé à parler du Gabon...

— Je crois qu'il voulait devenir une sorte de
docteur Schweitzer... Vous comprenez ?... Aller
soigner les nègres dans la brousse, y monter un
hôpital, voir le moins possible de blancs, de gens
de sa classe...

— Il a été déçu ?

D'après ce que le gouverneur m'a confié à
contrecœur, il est parvenu à se mettre l'administration à dos, et aussi les grandes compagnies...
Peut-être à cause du climat, il a bu de plus en
plus... Ne croyez pas que je vous dise ça parce
que je suis jalouse... Je ne l'ai jamais été... Là-
bas, il vivait dans une case indigène, avec une
négresse, et il paraît qu'il en a eu des enfants...

Maigret regardait les perruches dans la cage
que traversait un rayon de soleil.

— On lui a fait comprendre qu'il n'était pas
à sa place...

— Vous voulez dire qu'on l'a expulsé du
Gabon ?

— Plus ou moins... Je ne sais pas au juste
comment ces choses-là se passent et le gouverneur
est resté assez vague... Toujours est-il qu'il est
parti...

— Il y a combien de temps qu'un de vos amis
l'a rencontré boulevard Saint-Michel ?

— Ma fille vous en a parlé ? Remarquez que

je n'ai aucune certitude... L'homme, qui portait
sur son dos un panneau-réclame pour un restaurant du quartier, ressemblait à François et il
paraît qu'il a tressailli quand mon ami l'a appelé
par son nom...

— Il ne lui a pas parlé ?

— François l'a regardé comme s'il ne le
connaissait pas... C'est tout ce que je sais...

— Comme je l'ai dit tout à l'heure à votre
fille, je ne peux pas vous demander de venir le
reconnaître en ce moment, à cause des pansements
qui lui couvrent le visage... Dès qu'un mieux se
sera produit...

— Vous ne pensez pas que ce sera pénible ?

— Pour qui ?

— C'est à lui que je pense...

— Il est nécessaire que nous soyons sûrs de
son identité...

— J'en suis à peu près certaine... Ne serait-
ce qu'à cause de la cicatrice... C'était un
dimanche, au mois d'août...

— Je sais...

— Dans ce cas, je ne vois pas ce que je
pourrais encore vous apprendre...

Il se levait, pressé d'être dehors et de ne plus
entendre le bavardage des perruches.

— Je suppose que les journaux...

— Les journaux en parleront le moins possible, je vous le promets...

— Ce n'est pas tant pour moi que pour mon

gendre. Dans les affaires, il est toujours désagréable de... Remarquez qu'il est au courant et qu'il a fort bien compris... Vous ne voulez vraiment pas prendre quelque chose ?...

— Je vous remercie...

Et, sur le trottoir, il disait à Torrence :

— Où peut-on trouver un petit bistrot tranquille ?... J'ai une de ces soifs !...

Un verre de bière bien fraîche, avec de la mousse onctueuse.

Ils trouvèrent le bistrot, tranquille à souhait, plein d'ombre, mais la bière, hélas ! était tiède et plate.

4

— Vous avez la liste sur votre bureau... disait Lucas qui, comme toujours, avait travaillé avec minutie.

Il y avait même plusieurs listes, tapées à la machine. Celle, d'abord, des objets variés, — le spécialiste de l'Identité Judiciaire les avait classés sous la rubrique *épaves,* — qui, sous le pont Marie, constituaient la fortune mobilière et immobilière du Toubib. Tout cela, vieilles caisses, voiture d'enfant, couvertures trouées, journaux, poêle à frire, gamelle, Oraisons Funèbres de Bossuet et le reste se trouvait à présent là-haut, dans un coin du laboratoire.

La seconde liste était celle des vêtements que Lucas avait rapportés de l'Hôtel-Dieu et une troisième, enfin, détaillait le contenu des poches.

Maigret préféra ne pas la lire et c'était cu-

rieux de le voir, dans la lumière du soleil cou-
chant, ouvrir le sac en papier brun dont le brigadier s'était servi pour ces menus objets. N'avait-
il pas un peu l'air d'un enfant qui ouvre une po-
chette-surprise en s'attendant à découvrir Dieu
sait quel trésor ?

Ce fut avant tout un stéthoscope en mauvais
état qu'il retira et posa sur son buvard.

— Il était dans la poche de droite du veston,
commentait Lucas. Je me suis renseigné à l'hôpital. Il ne fonctionne plus.

Pourquoi, dans ce cas, François Keller l'avait-
il sur lui ? Dans l'espoir de le réparer ? N'était-ce
pas plutôt comme un dernier symbole de sa profession ?

Vint ensuite un couteau de poche à trois lames
et à tire-bouchon dont le manche de corne était
fêlé. Comme le reste, il devait provenir de quelque poubelle.

Une pipe en bruyère, au tuyau réparé à l'aide
de fil de fer.

— Poche de gauche... récitait Lucas. Elle est
encore humide...

Maigret la reniflait machinalement.

— Pas de tabac ? questionnait-il.

— Vous trouverez quelques mégots de cigarettes au fond du sac. Ils ont été tellement dé-
trempés que ce n'est plus qu'une bouillie.

On imaginait l'homme s'arrêtant sur le trottoir, se penchant pour ramasser un bout de ciga-

rette, retirant le papier et glissant le tabac dans sa pipe. Maigret ne le montrait pas mais, au fond, cela lui faisait plaisir que le Toubib fût un fumeur de pipe. Ni sa fille ni sa femme ne lui avaient appris ce détail.

Des clous, des vis. Pour quoi faire ? Le clochard les ramassait au cours de ses tournées et les fourrait dans sa poche sans penser à leur utilité, les considérant sans doute comme des talismans.

La preuve, c'est qu'il y avait trois autres objets moins utiles encore à quelqu'un qui couche sous les quais en s'entourant la poitrine de papier journal pour lutter contre le froid : trois billes, de ces billes en verre dans lesquelles on voit des filaments jaunes, rouges, bleus et verts, de celles qu'on échange, enfant, contre cinq ou six billes ordinaires et qu'on se complaît à faire miroiter dans le soleil.

C'était presque tout, sauf quelques pièces de monnaie et, dans une pochette de cuir, deux billets de cinquante francs que l'eau de la Seine avait collés l'un à l'autre.

Maigret gardait une des billes à la main et, pendant le reste de l'entretien, il la roula entre ses doigts.

— Tu as pris les empreintes ?

— Les autres malades me regardaient avec intérêt. Je suis monté aux Sommiers et on a comparé avec les fiches dactyloscopiques.

— Résultat ?

— Néant. Keller n'a jamais eu affaire avec nous ni avec la justice.

— Il n'a pas repris connaissance ?

— Non. Quand j'étais là, il avait les yeux entrouverts, mais il ne paraissait rien voir. Sa respiration est un peu sifflante. De temps en temps, il pousse un gémissement...

Avant de rentrer chez lui, le commissaire signa le courrier. Malgré son air préoccupé, il n'y avait pas moins une certaine légèreté dans son humeur comme il y en avait ce jour-là dans le ciel de Paris. Est-ce par inadvertance qu'au moment de quitter son bureau il glissa une bille dans sa poche ?

On était mardi, donc le jour du macaroni au gratin. A part le pot-au-feu du jeudi, le menu des autres jours variait de semaine en semaine mais, depuis des années, sans raison, le dîner du mardi était consacré au macaroni gratiné, farci de jambon haché menu et, de temps en temps, d'une truffe coupée encore plus fin.

Mme Maigret, elle aussi, était d'humeur enjouée et, au pétillement de ses prunelles, il comprit qu'elle avait des nouvelles à lui annoncer. Il ne lui dit pas tout de suite qu'il avait vu Jacqueline Rousselet et Mme Keller.

— J'ai faim !

Elle attendait ses questions. Il n'en posa que

quand ils furent tous les deux à table devant la
fenêtre ouverte. L'air était bleuâtre, avec encore
quelques traînées rouges au fond du ciel.

— Ta sœur t'a rappelée ?

— Je crois qu'elle s'est assez bien débrouillée.
Elle a dû passer l'après-midi à donner des coups
de téléphone à toutes ses amies...

Elle avait un petit papier avec des notes à côté
de son couvert.

— Je te répète ce qu'elle m'a dit ?

Les bruits de la ville mettaient un fond so-
nore à leur conversation et on entendait, chez les
voisins, le commencement du journal télévisé.

— Tu ne prends pas les nouvelles ?

— Je préfère t'écouter...

Deux ou trois fois, pendant qu'elle parlait, il
mit la main dans sa poche pour jouer avec la
bille.

— Pourquoi souris-tu ?

— Pour rien... Je t'écoute...

— D'abord, je sais d'où provient la fortune
que la tante a laissée à Mme Keller... C'est une
assez longue histoire... Tu veux que je te la raconte en détail ?

Il faisait oui de la tête, tout en mangeant le
macaroni croustillant.

— Elle était infirmière et, à quarante ans, encore célibataire...

— Elle habitait Mulhouse ?

— Non, Strasbourg... C'était la sœur de la mère de Mme Keller... Tu me suis ?

— Oui.

— Elle travaillait à l'hôpital... Là-bas, chaque professeur dispose de quelques chambres pour ses malades privés... Un jour, peu de temps avant la guerre, elle a eu à soigner un homme dont on a beaucoup parlé depuis en Alsace, un nommé Lemke, qui était ferrailleur et qui, déjà riche, avait assez mauvaise réputation... On prétendait, en effet, qu'il ne dédaignait pas de se livrer à l'usure...

— Il l'a épousée ?

— Comment le sais-tu ?

Il se repentit de lui gâcher son histoire.

— Je le devine à ta physionomie.

— Il l'a épousée, oui. Attends la suite. Pendant la guerre, il a continué son commerce de métaux non ferreux... Il a fatalement travaillé avec les Allemands et a amassé une fortune considérable... Je suis trop longue ?... Je t'ennuie ?...

— Au contraire. Qu'est-il arrivé à la Libération ?

— Les F.F.I. ont cherché Lemke pour le fusiller après lui avoir fait rendre gorge... Ils ne l'ont pas trouvé... Personne ne sait où ils se sont cachés, sa femme et lui... Toujours est-il qu'ils sont parvenus à gagner l'Espagne et, de là, ils ont pu s'embarquer pour l'Argentine... Un filateur de Mulhouse y a rencontré Lemke dans la rue... Encore un peu de macaroni ?

— Volontiers... De la croûte...

— Je ne sais pas s'il travaillait toujours ou si tous les deux voyageaient pour leur plaisir... Un jour, ils ont pris l'avion pour le Brésil et l'appareil s'est écrasé dans les montagnes. L'équipage et tous les passagers sont morts... Or, c'est justement parce que Lemke et sa femme ont péri dans une catastrophe que l'héritage est allé à Mme Keller qui ne s'y attendait pas... Normalement, l'argent aurait dû aller à la famille du mari... Sais-tu pourquoi les Lemke n'ont rien eu et pourquoi la nièce de sa femme a eu tous les biens ?

Il tricha, fit signe que non. En réalité, il avait compris.

— Il paraît que quand un homme et sa femme sont victimes d'un même accident, sans qu'on puisse établir qui des deux est mort le premier, la loi considère que la femme a survécu, ne fût-ce que de quelques instants... Les médecins prétendent que nous avons la vie plus dure, de sorte que la tante a hérité la première et que la fortune est allée à sa nièce... Ouf !...

Elle était contente, assez fière d'elle.

— En fin de compte, c'est un peu parce qu'une infirmière a épousé un ferrailleur à l'hôpital de Strasbourg et qu'un avion s'est écrasé dans les montagnes de l'Amérique du Sud que le docteur

Keller est devenu clochard... Si sa femme n'était
pas devenue riche du jour au lendemain, s'ils
avaient continué à habiter la rue du Sauvage, si...
Tu vois ce que je veux dire ?... Ne crois-tu pas,
toi, qu'il serait resté à Mulhouse ?

— C'est possible...

— J'ai aussi des renseignements sur elle, mais
je t'avertis que ce sont des ragots et que ma
sœur n'en prend pas la responsabilité...

— Dis toujours...

— C'est une petite personne active, toujours
en mouvement, qui adore les mondanités et qui
se livre à une véritable chasse aux gens importants... Son mari parti, elle s'en est donné à cœur
joie, organisant de grands dîners plusieurs fois
par semaine... Elle est devenue ainsi l'égérie du
préfet Badet dont la femme, morte depuis, était
impotente... Les mauvaises langues prétendent
qu'elle était sa maîtresse et qu'elle a eu d'autres
amants, entre autres un général dont j'ai oublié
le nom...

— Je l'ai vue...

Mme Maigret ne fut-elle pas déçue ? Elle n'en
laissa rien paraître.

— Comment est-elle ?

— Comme tu viens de la dépeindre... Une petite dame vive, nerveuse, très soignée, qui ne paraît pas son âge et qui adore les perruches...

— Pourquoi parles-tu de perruches ?

— Parce qu'il y en a plein son appartement.

— Elle vit à Paris ?

— Dans l'île Saint-Louis, à trois cents mètres du pont Marie sous lequel couchait son mari... Au fait, il fumait la pipe...

Entre le macaroni et la salade, il avait sorti la bille de sa poche et il la faisait rouler sur la nappe.

— Qu'est-ce que c'est ?

— Une bille. Le toubib en possédait trois... Elle regardait son mari avec attention.

— Tu l'aimes bien, non ?

— Je crois que je commence à le comprendre...

— Tu comprends qu'un homme comme lui devienne clochard ?

— Peut-être... Il a vécu en Afrique, seul blanc dans un poste éloigné des villes et des grand-routes... Là aussi, il a été déçu...

— Pourquoi ?

N'était-il pas difficile d'expliquer ça à Mme Maigret qui avait passé sa vie dans l'ordre et la propreté ?

— Ce que je cherche à deviner, continuait-il sur un ton léger, c'est en quoi il pouvait être coupable...

Elle fronçait les sourcils.

— Que veux-tu dire ?... C'est lui qu'on a assommé et jeté dans la Seine, non ?

— Il est la victime, c'est vrai...

— Alors ? Pourquoi dis-tu...

— Les criminologistes, en particulier les criminologistes américains, ont une théorie à ce sujet, et elle n'est peut-être pas aussi excessive qu'elle en a l'air...

— Quelle théorie ?

— Que, sur dix crimes, il y en a au moins huit où la victime partage dans une large mesure la responsabilité de l'assassin...

— Je ne comprends pas...

Il regardait la bille comme si elle le fascinait.

— Prenons une femme et un homme jaloux qui se disputent... L'homme adresse des reproches à la femme qui le nargue...

— Cela doit arriver...

— Supposons qu'il ait un couteau à la main et qu'il lui dise :

« — Fais attention... La prochaine fois, je te tuerai... »

— Cela doit arriver aussi...

Pas dans son univers à elle !

— Suppose, maintenant, qu'elle lui lance :

« — Tu n'oserais pas... Tu n'en es pas capable... »

— J'ai compris.

— Eh bien, dans beaucoup de drames passionnels, il y a de ça... Tu parlais tout à l'heure de Lemke, qui a fait sa fortune, moitié par l'usure, en poussant ses clients au désespoir, moitié en

trafiquant avec les Allemands... Aurais-tu été surprise d'apprendre qu'on l'avait assassiné ?

— Le docteur...

— Il ne semblait faire de mal à personne. Il
vivait sous les ponts, buvait du vin rouge à la
bouteille et se promenait dans les rues avec un
panneau publicitaire sur le dos...

— Tu vois !

— Quelqu'un, pourtant, est descendu sur la
berge pendant la nuit et, profitant de son sommeil, lui a assené sur la tête un coup qui aurait
pu être mortel, après quoi il l'a traîné jusqu'à la
Seine d'où on ne l'a retiré que par miracle... Ce
quelqu'un-là avait un motif... Autrement dit, le
Toubib lui avait donné, consciemment ou non,
un motif de le supprimer...

— Il est toujours dans le coma ?

— Oui.

— Tu espères que, quand il pourra parler, tu
en tireras quelque chose ?

Il haussa les épaules et commença à bourrer
sa pipe. Un peu plus tard, ils éteignaient la lumière et s'asseyaient devant la fenêtre toujours
ouverte.

Ce fut une soirée paisible et douce, avec de
longs silences entre les phrases, ce qui ne les empêchait pas de se sentir fort près l'un de l'autre.

Quand Maigret arriva à son bureau, le lendemain matin, le temps était aussi radieux que la
veille et, sur les arbres, les petits points verts

avaient déjà fait place à de vraies feuilles encore
fines et tendres.

Le commissaire était à peine assis à son bureau qu'un Lapointe tout guilleret y entra.

— J'ai deux clients pour vous, patron...

Il était aussi fier, aussi impatient que Mme
Maigret la veille au soir.

— Où sont-ils ?

— Dans la salle d'attente.

— Qui est-ce ?

— Le propriétaire de la Peugeot rouge et l'ami
qui l'accompagnait lundi soir... Je n'ai pas beaucoup de mérite... Contrairement à ce qu'on pourrait penser, il existe peu de 403 rouges à Paris et
il n'y en a que trois dont la plaque minéralogique
comporte deux fois le chiffre 9... L'une des trois
est en réparation depuis huit jours et l'autre se
trouve en ce moment à Cannes avec son propriétaire...

— Tu as questionné ces hommes ?

— Je ne leur ai posé que deux ou trois questions... J'ai préféré que vous les voyiez vous-même... Je vais les chercher ?

Il y avait quelque chose de mystérieux dans
l'attitude de Lapointe, comme s'il réservait à Maigret une autre surprise.

— Va...

Il attendit, assis devant son bureau, avec toujours une bille multicolore, comme un talisman,
dans sa poche.

— M. Jean Guillot... annonça l'inspecteur en faisant entrer le premier client.

C'était un homme d'une quarantaine d'années, de taille moyenne, vêtu avec une certaine recherche.

— M. Hardoin, dessinateur industriel...

Il était plus grand, plus maigre, de quelques années plus jeune, et Maigret allait bientôt s'apercevoir qu'il bégayait.

— Asseyez-vous, messieurs... A ce qu'on me dit, l'un de vous deux est propriétaire d'une Peugeot de couleur rouge...

Ce fut Jean Guillot qui leva la main, non sans une certaine fierté.

— C'est ma voiture, dit-il. Je l'ai achetée au début de l'hiver...

— Où habitez-vous, M. Guillot ?

— Rue de Turenne, pas loin du boulevard du Temple.

— Votre profession ?

— Agent d'assurances.

Cela l'impressionnait un peu de se trouver dans un bureau de la P. J. et d'être interrogé par un commissaire principal, mais il ne paraissait pas effrayé. Il regardait même autour de lui avec curiosité, comme pour pouvoir, par la suite, donner des détails à ses amis.

— Et vous, M. Hardoin ?

— J'ha... j'ha... j'habite la... la... même mai... maison.

— L'étage au-dessus de nous, l'aida Guillot

— Vous êtes marié ?

— Cé... cé... célibataire...

— Moi, je suis marié et j'ai deux enfants, un garçon et une fille, dit encore Guillot qui n'attendait pas les questions.

Lapointe, debout près de la porte, souriait vaguement. On aurait dit que les deux hommes, chacun sur une chaise, chacun avec son chapeau sur les genoux, faisaient un numéro de duettistes.

— Vous êtes amis ?

Ils répondaient avec autant d'ensemble que le permettait le bégaiement de Hardoin :

— Très bons amis...

— Vous connaissiez François Keller ?

Ils se regardaient, surpris, comme s'ils entendaient ce nom pour la première fois. Ce fut le dessinateur qui questionna :

— Qui... qui... qui est-ce ?

— Il a été longtemps médecin à Mulhouse.

— Je n'ai jamais mis les pieds à Mulhouse... affirmait Guillot. Il prétend qu'il me connaît ?

— Qu'est-ce que vous avez fait lundi soir ?

— Comme je l'ai dit à votre inspecteur, je ne me doutais pas que c'était interdit...

— Racontez-moi en détail ce que vous avez fait...

— Quand je suis rentré de ma tournée, vers huit heures — je fais la banlieue ouest — ma

femme m'a attiré dans un coin, afin que les enfants ne l'entendent pas, et m'a annoncé que Nestor...

— Qui est Nestor ?

— Notre chien... Un grand danois... Il avait
douze ans et il était très doux avec les enfants,
qu'il avait pour ainsi dire vu naître... Quand ils
étaient bébés, il se couchait au pied du berceau
et c'est à peine si j'osais m'en approcher...

— Votre femme, donc, vous a annoncé...

Il continuait, imperturbable :

— Je ne sais pas si vous avez déjà eu des
danois... En général, ils vivent moins vieux que
les autres chiens, je me demande pourquoi... Et
ils ont, dans les derniers temps, presque toutes les
infirmités des hommes... Depuis quelques semaines, Nestor était presque paralysé et j'avais
proposé de le conduire chez le vétérinaire pour
le piquer... Ma femme n'a pas voulu... Quand je
suis rentré, lundi, le chien était à l'agonie et, pour
que les enfants ne voient pas ce spectacle, ma
femme était allée chercher notre ami Lucien qui
l'avait aidée à le transporter chez lui...

Maigret regardait Lapointe, qui lui adressait
un clin d'œil.

— Je suis monté tout de suite chez Hardoin
pour savoir où la bête en était. Le pauvre Nestor
était au bout de son rouleau. J'ai téléphoné chez
notre vétérinaire où on m'a répondu qu'il était au
théâtre et qu'il ne rentrerait pas avant minuit...

Nous avons passé plus de deux heures à regarder
le chien mourir... Je m'étais assis par terre et il
avait posé la tête sur mes genoux... Son corps
était agité de tremblements convulsifs...

Hardoin approuvait de la tête, essayait d'intervenir.

— Il... il...

— Il est mort à dix heures et demie, l'interrompit l'assureur. Je suis descendu prévenir ma
femme. J'ai gardé l'appartement où les enfants
dormaient pendant qu'elle allait voir Nestor une
dernière fois... J'ai mangé un morceau, car je
n'avais pas dîné... J'avoue qu'ensuite j'ai bu deux
verres de cognac pour me remonter et, quand ma
femme est revenue, j'ai emporté la bouteille afin
d'en offrir à Hardouin qui était aussi impressionné
que moi...

Un petit drame, en somme, en marge d'un
autre drame.

— C'est alors que nous nous sommes deman-
dés ce que nous allions faire du cadavre... J'ai
entendu dire qu'il existe un cimetière des chiens,
mais je suppose que cela coûte cher et, en outre,
je ne peux pas me permettre de perdre
une journée de travail pour m'occuper de ça...
Quant à ma femme, elle n'a pas de temps...

— Bref... fit Maigret.

— Bref...

Et Guillot resta en suspens, ayant perdu le fil
de ses idées.

— Nous... nous... nous...

— Nous ne voulions pas non plus le jeter dans un terrain vague... Vous avez une idée de la taille d'un danois ?... Couché dans la salle à manger de Hardoin, il paraissait encore plus grand et plus impressionnant... Bref...

Il était content d'en revenir à ce point-là.

— Bref, nous avons décidé de l'immerger dans la Seine. Je suis allé chez nous chercher un sac à pommes de terre... Il n'était pas assez grand et les pattes dépassaient... Nous avons eu du mal à descendre la bête et à la placer dans le coffre de la voiture...

— Quelle heure était-il ?

— Onze heures dix...

— Comment savez-vous qu'il était onze heures dix ?

— Parce que la concierge n'était pas couchée. Elle nous a vu passer et nous a demandé ce qui était arrivé. Je le lui ai expliqué. La porte de la loge étant ouverte, j'ai machinalement regardé l'horloge qui marquait onze heures dix...

— Vous avez annoncé que vous alliez jeter le chien dans la Seine ? Vous vous êtes rendu directement au pont des Célestins ?

— C'était le plus près...

— Il ne vous a fallu que quelques minutes pour y arriver... Je suppose que vous ne vous êtes pas arrêtés en route ?

— Pas en allant... Nous avons pris au plus

court... Nous avons dû mettre cinq minutes... J'ai hésité à descendre la rampe avec l'auto... Comme je ne voyais personne, je m'y suis risqué...

— Il n'était donc pas encore onze heures et demie...

— Sûrement pas... Vous allez voir... Nous avons pris le sac tous les deux et nous l'avons basculé dans le courant...

— Toujours sans voir personne ?

— Oui...

— Il y avait une péniche à proximité ?

— C'est vrai... Nous avons même remarqué de la lumière à l'intérieur...

— Mais vous n'avez pas vu le marinier ?

— Non...

— Vous n'êtes pas allé jusqu'au pont Marie ?

— Nous n'avions aucune raison d'aller plus loin... Nous avons jeté Nestor à l'eau aussi près de l'auto que possible...

Hardoin approuvait toujours, ouvrait parfois la bouche pour placer un mot, puis, découragé, la refermait.

— Que s'est-il passé ensuite ?

— Nous sommes partis... Une fois là-haut...

— Vous voulez dire quai des Célestins ?

— Oui... Je ne me suis pas senti dans mon assiette et je me suis souvenu qu'il n'y avait plus de cognac dans la bouteille... Cette soirée m'avait fort éprouvé... Nestor était presque de la famille...

Rue de Turenne, j'ai proposé à Lucien de boire un verre et nous nous sommes arrêtés devant un café qui fait le coin de la rue des Francs-Bourgeois, tout à côté de la place des Vosges...

— Vous avez à nouveau bu du cognac ?..

— Oui... Là aussi, il y avait une horloge et je l'ai regardée... Le patron m'a fait remarquer qu'elle avançait de cinq minutes... Il était minuit moins vingt...

Il répéta, l'air navré :

— Je vous jure que je ne savais pas que c'est interdit... Mettez-vous à ma place... Surtout avec les enfants, à qui je voulais éviter ce spectacle... Ils ne savent pas encore que le chien est mort... Nous leur avons dit qu'il était parti, qu'on le retrouverait peut-être...

Sans s'en rendre compte, Maigret avait sorti la bille de sa poche et la tripotait entre ses doigts.

— Je suppose que vous m'avez dit la vérité ?

— Pourquoi vous mentirais-je ? S'il y a une amende à payer, je suis prêt à...

— A quelle heure êtes-vous rentré chez vous ?

Les deux hommes se regardèrent avec un certain embarras. Hardoin ouvrit la bouche une fois de plus et, une fois de plus, ce fut Guillot qui répondit.

— Tard... Vers une heure du matin...

— Le café de la rue de Turenne est resté ouvert jusqu'à une heure du matin ?

C'était un quartier que Maigret connaissait
bien, où tout est fermé à minuit, voire bien avant.

— Non. Nous sommes allés prendre un
dernier verre place de la République...

— Vous étiez ivres ?

— Vous savez comment ça va... On boit parce
qu'on est ému... Un verre... Puis un autre...

— Vous n'êtes pas retournés le long de la
Seine ?

Guillot prit un air surpris, regarda son
camarade comme pour lui demander d'ajouter son
témoignage au sien.

— Jamais ! Pour quoi faire ?

Maigret se tourna vers Lapointe.

— Emmène-les à côté et enregistre leur
déposition... Je vous remercie, messieurs... Je n'ai
pas besoin d'ajouter que tout ce que vous venez
de dire sera vérifié...

— Je jure que j'ai dit la vérité...

— Moi... moi... aus... aussi...

Cela avait l'air d'une farce. Maigret restait
seul dans son bureau, campé devant la fenêtre
ouverte, une bille de verre à la main. Il regardait,
rêveur, la Seine qui coulait au-delà des arbres, les
bateaux qui passaient, les taches claires des robes
des femmes sur le pont Saint-Michel.

Il finit par se rasseoir et par demander l'Hôtel-
Dieu.

— Passez-moi l'infirmière-chef du service de
chirurgie...

Maintenant qu'elle l'avait vu avec le grand
patron et qu'elle avait reçu des instructions, elle
était tout miel.

— J'allais justement vous téléphoner, monsieur le commissaire... Le professeur Magnin vient
de l'examiner... Il le trouve beaucoup mieux
qu'hier soir et il espère qu'on évitera les compli-
cations... C'est presque un miracle...

— Il a repris connaissance ?

— Pas tout à fait, mais il commence à
regarder autour de lui avec intérêt... Il est difficile
de savoir s'il se rend compte de son état et de
l'endroit où il se trouve...

— Il a toujours ses pansements ?

— Pas sur le visage...

— Vous croyez qu'il reprendra conscience
aujourd'hui ?

— Cela peut se produire d'un moment
à l'autre... Vous voulez que je vous prévienne dès
qu'il parlera ?..

— Non... Je me rends là-bas...

— Maintenant ?

Maintenant, oui. Il avait hâte de faire
la connaissance de l'homme qu'il n'avait encore
vu que la tête bandée. Il passa par le bureau des
inspecteurs, où Lapointe était en train de taper à
la machine la déposition de l'assureur et de son
ami bègue.

— Je vais à l'Hôtel-Dieu... J'ignore quand je
rentrerai...

C'était à deux pas. Il s'y rendait en voisin, sans se presser, la pipe aux dents, les mains derrière le dos, en roulant dans sa tête des pensées assez floues.

Quand il arriva à l'Hôtel-Dieu, il trouva la grosse Léa, toujours en chemisier rose, qui s'éloignait du guichet d'un air dépité. Elle se précipita vers lui.

— Vous savez, monsieur le commissaire, non seulement on m'empêche de le voir, mais on refuse de me donner de ses nouvelles... C'est tout juste s'ils n'ont pas appelé un agent pour me flanquer à la porte... Vous avez des nouvelles, vous ?

— On vient de m'annoncer qu'il va beaucoup mieux...

— On espère qu'il s'en tirera ?

— C'est probable.

— Il souffre beaucoup ?

— Je ne crois pas qu'il s'en aperçoive... Je suppose qu'on lui a fait des piqûres...

— Hier, des hommes en civil sont venus chercher ses affaires... Ce sont des gens de chez vous ?...

Il répondit par l'affirmative, ajouta en souriant :

— Ne craignez rien... Tout lui sera rendu...

— Vous n'avez toujours pas idée de qui a pu faire ça ?

— Et vous ?

— Depuis quinze ans que je vis sur les quais, c'est la première fois que quelqu'un s'attaque à un clochard... D'abord nous sommes des gens inoffensifs, vous devez le savoir mieux que personne...

Le mot lui plaisait et elle le répéta :

— Inoffensifs... Il n'y a même jamais de bagarres... Chacun respecte la liberté des autres... Si on ne respectait pas la liberté des autres, pourquoi est-ce qu'on dormirait sous les ponts ?...

Il la regarda avec plus d'attention, remarqua que ses yeux étaient un peu rouges, son teint plus animé que la veille.

— Vous avez bu ?

— De quoi chasser le ver...

— Que disent vos camarades ?

— Ils ne disent rien... Quand on a tout vu, on ne s'amuse plus à faire des commérages...

Comme Maigret allait franchir la porte, elle lui demanda :

— Je peux attendre que vous sortiez pour avoir de ses nouvelles ?

— Je serai peut-être long...

— Cela ne fait rien... Etre ici ou ailleurs...

Elle retrouvait sa bonne humeur, son sourire enfantin.

— Vous n'auriez pas une cigarette ?

Il lui montra sa pipe.

— Alors, une pincée de tabac... faute de
fumer, je chique...

Il prit l'ascenseur en même temps qu'un
malade étendu sur une civière et que deux infir-
mières. Au troisième étage, il trouva l'infirmière-
chef qui sortait d'une des salles.

— Vous savez où c'est... Je vous rejoins dans
un instant... On me sonne au service des
urgences...

Les regards des malades allongés se tournèrent
vers lui, comme la veille. On avait déjà l'air de le
reconnaître. Il se dirigeait vers le lit du docteur
Keller, son chapeau à la main, et découvrait enfin
un visage où il n'y avait plus que quelques bandes
de sparadrap.

L'homme, qu'on avait rasé la veille, ressemblait à peine à sa photographie. Il avait les
traits creusés, le teint terne, les lèvres minces et
pâles. Ce qui frappa le plus Maigret, ce fut de se
trouver soudain en face d'un regard.

Car il n'y avait aucun doute : le Toubib le
regardait, et ce n'était pas le regard d'un homme
qui n'a pas sa connaissance.

Cela le gêna de rester silencieux. D'autre part,
il ne savait que dire. Il y avait une chaise près du
lit et il s'y assit, murmura d'une voix em-
barrassée :

— Vous allez mieux ?

Il était sûr que les mots n'allaient pas se

perdre dans le brouillard, qu'ils étaient enregistrés, compris. Mais les yeux, toujours fixés sur lui, ne bougeaient pas et se contentaient d'exprimer une complète indifférence.

— Vous m'entendez, docteur Keller ?

C'était le début d'une longue et décevante bataille.

5

MAIGRET parlait rarement à sa femme d'une enquête en cours. Le plus souvent, d'ailleurs, il n'en discutait pas avec ses plus proches collaborateurs à qui il se contentait de donner ses instructions. Cela tenait à sa façon de travailler, d'essayer de comprendre, de s'imprégner petit à petit de la vie de gens qu'il ne connaissait pas la veille.

— Qu'en pensez-vous, Maigret ? lui avaient souvent demandé un juge d'instruction lors d'une descente de Parquet ou d'une reconstitution.

On se répétait, au Palais, sa réponse invariable :

— Je ne pense jamais, monsieur le juge.

Et quelqu'un avait répliqué un jour :

— Il s'imbibe...

C'était vrai d'une certaine manière et les mots

étaient trop précis pour lui, de sorte qu'il préférait se taire.

Il en était autrement cette fois-ci, tout au moins avec Mme Maigret, peut-être parce que, grâce à sa sœur qui habitait Mulhouse, elle lui avait donné un coup de main. En se mettant à table pour déjeuner, il annonça :

— J'ai fait ce matin la connaissance de Keller...

Elle était toute surprise. Non seulement parce qu'il en parlait le premier, mais à cause du ton enjoué. Ce n'était pas le mot exact. Il n'était pas guilleret non plus. Il n'y en avait pas moins une certaine légèreté, une certaine bonne humeur dans sa voix, dans ses yeux.

Pour une fois, les journaux ne le harcelaient pas et le substitut, le juge, le laissaient tranquille. Un clochard avait été attaqué sous le pont Marie, jeté dans la Seine en crue, mais il s'en était tiré miraculeusement et le professeur Magnin n'en revenait pas de sa faculté de récupération.

En somme, c'était un crime sans victime, on aurait presque pu dire sans assassin, et personne ne s'inquiétait du Toubib, sinon la grosse Léa et, peut-être, deux ou trois vagabonds.

Or, Maigret consacrait autant de son temps à cette affaire qu'à un drame passionnant la France entière. Il semblait en faire une question personnelle et, à la façon dont il venait d'annoncer son entrevue avec Keller, on aurait pu croire qu'il s'agissait de quelqu'un que sa femme et lui désiraient rencontrer depuis longtemps.

— Il a repris connaissance ? questionnait Mme Maigret en évitant de manifester trop d'intérêt.

— Oui et non... Il n'a pas prononcé une parole... Il s'est contenté de me regarder, mais je suis persuadé qu'il n'a pas perdu un mot de ce que je lui ai dit... L'infirmière-chef n'est pas du même avis... Elle prétend qu'il est encore abruti par les drogues qu'on lui a données et qu'il se trouve dans l'état d'un boxeur se relevant après un knock-out...

Il mangeait, regardait par la fenêtre, écoutait les oiseaux.

— Tu as l'impression qu'il connaît son agresseur ?

Maigret soupira, finit par avoir un léger sourire qui ne lui était pas habituel, un sourire moqueur dont la moquerie se serait adressée à lui-même.

— Je n'en sais rien... J'aurais de la peine à expliquer mon impression...

Il avait rarement été aussi dérouté de sa vie que ce matin-là, à l'Hôtel-Dieu, en même temps qu'aussi passionné par un problème.

Les conditions de l'entrevue, déjà, n'avaient rien de favorable. Elle avait lieu dans une salle où se trouvaient une douzaine de malades couchés,

trois ou quatre assis ou debout près de la fenêtre.
Quelques-uns souffraient, gravement atteints, et il
y avait sans cesse des sonneries, une infirmière
qui allait et venait, se penchant sur l'un ou l'autre
lit.

Tout le monde regardait avec plus ou moins
d'insistance le commissaire assis près de Keller et
les oreilles étaient attentives.

Enfin, l'infirmière-chef se montrait de temps
en temps à la porte et les observait d'un air
inquiet et mécontent.

— Il ne faut pas que vous restiez longtemps,
lui avait-elle recommandé. Evitez de le fatiguer...

Maigret, penché sur son interlocuteur, parlait
à mi-voix, doucement, et cela faisait une sorte de
murmure.

— Vous m'entendez, M. Keller ?... Vous vous
souvenez de ce qui vous est arrivé lundi soir, alors
que vous étiez couché sous le pont Marie ?

Pas un trait du blessé ne bougeait, mais le
commissaire ne s'occupait que des yeux
qui n'exprimaient ni angoisse ni inquiétude.
C'étaient des yeux d'un gris délavé qui avaient
beaucoup vu et qu'on aurait dit usés.

— Vous dormiez, quand on vous a attaqué ?

Le regard du Toubib n'essayait pas de se
détacher de lui et il se passait une chose curieuse :
ce n'était pas Maigret qui avait l'air d'étudier
Keller, mais celui-ci qui étudiait son interlocuteur.

Cette impression était si gênante que le

commissaire éprouva le besoin de se présenter.

— Je m'appelle Maigret... Je dirige la brigade criminelle de la P. J... Je cherche à comprendre ce qui vous est arrivé... J'ai vu votre femme, votre fille, les mariniers qui vous ont retiré de la Seine...

Le Toubib n'avait pas tressailli quand on avait évoqué sa femme et sa fille, mais on aurait juré qu'une légère ironie avait passé dans ses prunelles.

— Vous êtes incapable de parler ?

Il n'essayait pas de répondre d'un mouvement de la tête, si léger fût-il, ni d'un battement de paupières.

— Vous vous rendez compte qu'on vous parle ?

Mais oui ! Maigret était sûr de ne pas se tromper. Non seulement Keller s'en rendait compte, mais il ne perdait pas une nuance des paroles prononcées.

— Cela vous gêne que je vous interroge dans cette salle où des malades nous écoutent ?

Alors, comme pour amadouer le clochard, il se donnait la peine d'expliquer :

— J'aurais aimé que vous ayez une chambre privée... Cela pose malheureusement des questions administratives compliquées... Nous ne pouvons pas payer cette chambre sur notre budget...

Paradoxalement, les choses auraient été plus faciles si, au lieu d'être la victime, le docteur avait été l'assassin ou simplement un suspect. Pour la victime, il n'y avait rien de prévu.

— Je vais être obligé de faire venir votre femme, car il est nécessaire qu'elle vous reconnaisse formellement... Cela vous ennuie de la revoir ?

Les lèvres bougèrent un peu, sans émettre aucun son, et il n'y eut ni grimace ni sourire.

— Vous vous sentez assez bien pour que je lui demande de passer ce matin ?

L'homme ne protestait pas et Maigret en profita pour s'offrir une pause. Il avait chaud. Il étouffait dans cette salle qui sentait la maladie et les médicaments.

— Je peux téléphoner ? alla-t-il demander à l'infirmière-chef ?

— Vous allez encore le torturer ?

— Sa femme doit le reconnaître... Cela ne prendra que quelques minutes...

Tout cela, il le racontait tant bien que mal à Mme Maigret, en déjeunant devant la fenêtre.

— Elle était chez elle, poursuivait-il. Elle m'a promis de venir tout de suite. J'ai donné des instructions, en bas, pour qu'on la laisse passer. Je me suis promené dans le couloir où le professeur Magnin a fini par me rejoindre...

Ils avaient bavardé tous les deux, debout devant une fenêtre qui donnait sur la cour.

— Vous pensez, vous aussi, qu'il a retrouvé sa lucidité ? questionnait Maigret.

— C'est possible... Quand je l'ai examiné tout

à l'heure, il m'a donné l'impression de savoir ce qui se passait autour de lui... Mais, médicalement, je ne peux pas encore vous donner une réponse catégorique... Les gens se figurent que nous sommes infaillibles et que nous pouvons répondre à toutes les questions... Or, la plupart du temps, nous tâtonnons... J'ai demandé à un neurologue de le voir cet après-midi...

— Je suppose qu'il est difficile de le placer dans une chambre privée ?

— Ce n'est pas seulement difficile : c'est impossible. Tout est plein. Dans certains services, on est obligé de dresser des lits dans les couloirs... Ou alors, il faudrait le transporter dans une clinique privée...

— Si sa femme le proposait ?

— Vous croyez que cela lui plairait, à lui ?

C'était peu probable. Si Keller avait choisi de s'en aller et de vivre sous les ponts, ce n'était pas pour se retrouver, à cause d'une agression, à la charge de sa femme.

Celle-ci sortait de l'ascenseur, regardait autour d'elle, déroutée, et Maigret allait l'accueillir.

— Comment est-il ?

Elle n'était pas trop inquiète, ni émue. On devinait surtout qu'elle ne se sentait pas à sa place et qu'elle avait hâte de retrouver son appartement de l'île Saint-Louis et ses perruches.

— Il est calme...

— Il a repris conscience ?

— Je le pense, mais je n'en ai pas la preuve...

— Je dois lui parler ?

Il la faisait passer devant lui et tous les malades la regardaient s'avancer sur le parquet ciré de la salle. De son côté, elle cherchait son mari des yeux et, d'elle-même, elle se dirigea vers le cinquième lit, s'arrêta à deux ou trois mètres, comme si elle ne savait quelle contenance prendre.

Keller l'avait vue et la regardait, toujours indifférent.

Elle était très élégante, dans un tailleur de shantung beige, avec un chapeau assorti, et son parfum se mêlait aux odeurs.

— Vous le reconnaissez ?

— C'est lui, oui... Il a changé, mais c'est lui...

Il y eut un nouveau silence, pénible pour tout le monde. Elle se décidait enfin à s'avancer, non sans bravoure. Elle disait en tripotant nerveusement, de ses mains gantées, le fermoir de son sac :

— C'est moi, François... Je ne me doutais pas que je te retrouverais un jour dans d'aussi tristes conditions... Il paraît que tu vas te rétablir très vite... Je voudrais t'aider...

Qu'est-ce qu'il pensait en la regardant de la sorte ? Il y avait dix-sept ou dix-huit ans qu'il vivait dans un autre monde. C'était un peu comme s'il refaisait surface pour retrouver devant lui un passé qu'il avait fui.

On ne lisait aucune amertume sur son visage. Il se contentait de regarder celle qui avait été longtemps sa femme, puis il tournait légèrement la tête pour s'assurer que Maigret était toujours là.

Celui-ci expliquait maintenant à Mme Maigret :

— Je jurerais qu'il me demandait d'en finir avec cette confrontation...

— Tu en parles comme si tu le connaissais depuis toujours...

N'était-ce pas un peu vrai ? Maigret n'avait jamais rencontré Keller auparavant, mais, pendant sa carrière, combien d'hommes qui lui ressemblaient n'avait-il pas eu l'occasion de confesser dans le secret de son bureau ? Peut-être pas des cas aussi extrêmes. Le problème humain n'en était pas moins le même.

— Elle n'a pas insisté pour rester, racontait-il. Avant de le quitter, elle a failli ouvrir son sac pour y prendre de l'argent. Heureusement qu'elle ne l'a pas fait... Dans le couloir, elle m'a demandé :

« — Vous croyez qu'il n'a besoin de rien ?

« Et, comme je lui répondais que non, elle a insisté :

« — Je pourrais peut-être remettre une certaine somme à son intention au directeur de l'hôpital ?... Il serait mieux dans une chambre privée...

« — Il n'y en a pas de libre...

« Elle s'en est tenue là.

« — Qu'est-ce que je dois faire ?

« — Rien pour le moment... J'enverrai un inspecteur chez vous afin de vous faire signer un papier par lequel vous reconnaîtrez que c'est bien votre mari...

« — A quoi bon, puisque c'est lui ?

« Elle est enfin partie... »

Ils avaient fini de manger et restaient assis devant leur tasse de café. Maigret avait allumé sa pipe.

— Tu es retourné dans la salle ?

— Oui... Malgré les regards de reproche de l'infirmière-chef...

C'était devenu une sorte d'ennemie personnelle.

— Il n'a toujours pas parlé ?

— Non... J'ai parlé tout seul, à voix basse, tandis qu'un interne donnait des soins au malade d'à-côté...

— Qu'est-ce que tu lui as dit ?

Pour Mme Maigret, cette conversation devant les tasses de café était presque miraculeuse. D'habitude, elle savait à peine de quelle affaire son mari s'occupait. Il lui téléphonait qu'il ne rentrerait pas déjeuner ou dîner, parfois qu'il passerait une partie de la nuit à son bureau ou ailleurs, et c'était par les journaux, le plus souvent, qu'elle en apprenait davantage.

— Je ne me rappelle plus ce que je lui ai dit...
répondait-il en se troublant légèrement. Je voulais
le mettre en confiance... Je lui ai parlé de Léa
qui m'attendait dehors, de ses affaires que nous
avions mises en lieu sûr et qu'il retrouverait à sa
sortie de l'hôpital...

« Cela paraissait lui faire plaisir.

« Je lui ai dit aussi qu'il n'aurait pas à revoir
sa femme s'il ne le désirait pas, qu'elle avait
proposé de payer pour lui une chambre privée,
qu'il n'y en avait pas de disponible...

« Je devais avoir l'air, de loin, de réciter mon
chapelet...

« — Je suppose que vous préférez rester ici
que d'aller en clinique ? »

— Il n'a toujours pas répondu ?

Maigret était embarrassé.

— Je sais bien que c'est bête, mais je suis sûr
qu'il m'approuvait, que nous nous comprenions...
J'ai essayé d'en revenir à l'agression...

« — Vous dormiez ?

« C'était un peu comme de jouer au chat et à
la souris... Je suis persuadé qu'il a décidé une fois
pour toute de ne rien dire... Et un homme qui a
été capable de vivre si longtemps sous les ponts
est capable de se taire... »

— Pourquoi se tairait-il ?

— Je l'ignore.

— Pour éviter d'accuser quelqu'un ?

— Peut-être.

— Qui ?

Maigret se levait, haussait ses larges épaules.

— Si je savais cela, je serais Dieu le Père... J'ai envie de te répondre comme le professeur Magnin : moi non plus, je ne fais pas de miracles...

— En définitive, tu n'as rien appris de nouveau ?

— Non.

Ce n'était pas tout à fait exact. Il avait la conviction qu'il avait beaucoup appris sur le compte du Toubib. S'il ne commençait pas encore à le connaître vraiment, il n'y en avait pas moins eu entre eux comme des contacts furtifs et un peu mystérieux.

— A un moment donné...

Il hésita à continuer, comme s'il craignait d'être accusé d'enfantillage. Tant pis ! Il avait besoin de parler.

— A un moment donné, j'ai tiré la bille de ma poche... A vrai dire, je ne l'ai pas fait consciemment... Je l'ai sentie dans ma main et j'ai eu l'idée de la glisser dans la sienne... J'avais sans doute l'air un peu ridicule... Or, il n'a pas eu besoin de la regarder... Il l'a reconnue au toucher... Je suis sûr quoi que prétende l'infirmière, que son visage s'est éclairé et qu'il y a eu un pétillement de joie et de malice dans ses yeux...

— Il a néanmoins continué à se taire ?

— Ça, c'est une autre affaire... Il ne m'aidera

pas... Il a pris le parti de ne pas m'aider, de ne rien dire, et il faudra que je découvre seul la vérité...

Etait-ce ce défi qui l'excitait ? Sa femme l'avait rarement vu aussi animé, aussi passionné par une enquête.

— J'ai retrouvé, en bas, Léa qui m'attendait sur le trottoir en chiquant mon tabac et je lui ai donné le contenu de ma blague...

— Tu penses qu'elle ne sait rien ?

— Si elle savait quelque chose, elle me le dirait... Il y a, entre ces gens-là, plus de solidarité qu'entre ceux qui vivent normalement dans des maisons... Je suis persuadé qu'en ce moment ils s'interrogent les uns les autres, mènent leur petite enquête en marge de la mienne...

« Elle m'a appris un seul fait qui pourrait être intéressant : c'est que Keller n'a pas toujours couché sous le pont Marie et qu'il n'est du quartier, si l'on peut dire, que depuis deux ans... »

— Où vivait-il avant ?

— Au bord de la Seine aussi, plus en amont, quai de la Rapée, sous le pont de Bercy...

— Cela leur arrive souvent de changer d'endroit ?

— Non. C'est aussi important que, pour nous, de déménager... Chacun se fait son coin et s'y tient plus ou moins...

Il finit, comme pour se récompenser, ou pour

se maintenir en bonne humeur, par se servir un petit verre de prunelle. Après quoi il prit son chapeau et embrassa Mme Maigret.

— A ce soir.

— Tu crois que tu rentreras dîner ?

Il n'en savait pas plus qu'elle. A vrai dire, il n'avait pas la moindre idée de ce qu'il allait faire.

Torrence, depuis le matin, vérifiait les dires de l'agent d'assurances et de son ami bègue. Il devait déjà avoir questionné Mme Goulet, la concierge de la rue de Turenne, le marchand de vins du coin de la rue des Francs-Bourgeois.

On ne tarderait pas de savoir si l'histoire du chien Nestor était vraie ou inventée de toutes pièces. Et, si elle était vraie, cela ne prouverait pas encore que les deux hommes ne s'étaient pas attaqués au Toubib.

Pour quelle raison ? Au point où on en était, le commissaire n'en voyait aucune.

Mais quelle raison aurait eue Mme Keller, par exemple, de faire jeter son mari à la Seine ? Et par qui ?

Un jour qu'un bonhomme falot et sans fortune avait été assassiné dans des circonstances aussi mystérieuses, il avait dit au juge d'instruction :

— On ne tue pas les pauvres types...

On ne tue pas les clochards non plus. Or, on avait bel et bien tenté de se débarrasser de François Keller.

Maigret était sur la plate-forme de l'autobus, à écouter distraitement les phrases chuchotées par deux amoureux debout à côté de lui, quand une hypothèse lui vint à l'esprit. C'était l'expression « Pauvre type » qui l'y avait fait penser.

A peine dans son bureau, il demanda Mme Keller au bout du fil. Elle n'était pas chez elle. La domestique lui apprit qu'elle déjeunait en ville avec une amie, mais elle ignorait dans quel restaurant.

Alors, il appela Jacqueline Rousselet.

— Il paraît que vous avez vu maman... Elle m'a téléphoné hier au soir, après votre visite... Elle vient de m'appeler à nouveau il y a moins d'une heure... Ainsi, c'est bien mon père...

— Il semble n'y avoir aucun doute sur son identité...

— Vous n'avez toujours aucune idée sur la raison pour laquelle on l'a attaqué ?... Il ne s'agirait pas d'une bagarre ?

— Votre père était-il bagarreur ?

— C'était l'homme le plus doux de la terre, en tout cas au temps où je vivais avec lui, et je crois qu'il se serait laissé frapper sans riposter...

— Vous êtes au courant des affaires de votre mère ?

— Quelles affaires ?

— Lorsqu'elle s'est mariée, elle n'avait pas de fortune et ne s'attendait pas à en avoir un jour...

Votre père non plus... Je me demande, dans ces
conditions, s'ils ont eu l'idée d'établir un contrat
de mariage... Dans le cas contraire, ils sont mariés
sous le régime de la communauté des biens, de
sorte que votre père pourrait réclamer la moitié
de la fortune...

— Ce n'est pas le cas... répondait-elle sans
hésiter.

— Vous en êtes sûre ?

— Maman vous le confirmera... Quand j'ai
épousé mon mari, il en a été question chez le
notaire... Ma mère et mon père se sont mariés
sous le régime de la séparation des biens...

— Est-ce indiscret de vous demander le nom
de votre notaire ?

— Maître Prijean, rue de Bassano...

— Je vous remercie...

— Vous ne désirez pas que j'aille à l'hôpital ?

— Et vous ?

— Je ne suis pas sûre que ma visite lui ferait
plaisir... Il n'a rien dit à ma mère... Il paraît qu'il
a fait semblant de ne pas la reconnaître...

— Peut-être, en effet, vaut-il mieux, en ce moment, éviter cette démarche...

Il avait besoin de se donner l'illusion d'agir et
il demandait déjà Maître Prijean. Il dut discuter
assez longtemps et même menacer d'une
commission rogatoire signée par le juge d'instruction, car le notaire lui opposait le secret
professionnel.

— Je vous demande seulement de me dire si
M. et Mme Keller, de Mulhouse, ont été mariés
sous le régime de la séparation des biens et si
vous avez eu l'acte en main...

Cela finit par un « oui » assez sec et on rac-
crocha.

Autrement dit, François Keller était bien un
pauvre type qui n'avait aucun droit sur la fortune
amassée par le marchand de vieux métaux et qui
avait finalement échu à sa femme.

L'employé du standard téléphonique fut assez
surpris quand le commissaire demanda :

— Passez-moi l'écluse de Suresnes...

— L'écluse ?

— L'écluse, oui. Ces gens-là ont bien le
téléphone, non ?

— Bien, patron...

Il finit par avoir le chef éclusier au bout du
fil et se nomma.

— Je suppose que vous prenez note des
bateaux qui passent d'un bief à l'autre ?... Je
voudrais savoir où trouver une péniche à moteur
qui a dû franchir votre écluse hier en fin d'après-
midi... C'est un nom flamand... « De Zwarte
Zwaan... ».

— Je connais, oui... Deux frères, une petite
femme très blonde et un bébé... Ils ont eu
la dernière éclusée et ont passé la nuit en dessous
des portes...

— Vous avez une idée de l'endroit où ils sont en ce moment ?

— Attendez... Ils ont un bon diesel et ils profitent d'un courant qui reste assez fort...

On l'entendait faire des calculs, marmonner pour lui-même des noms de villes et de villages.

— Ou je me trompe fort, ou ils ont dû parcourir une centaine de kilomètres, ce qui les met du côté de Juziers... En tout cas, il y a des chances pour qu'ils aient dépassé Poissy... Cela dépend du temps qu'ils ont attendu à l'écluse de Bougival et à celle de Carrière...

Quelques instants plus tard, le commissaire était dans le bureau des inspecteurs.

— Est-ce que quelqu'un, ici, connaît bien la Seine ?

Une voix questionna :

— En amont ou en aval ?

— En aval... Du côté de Poissy... Plus loin, probablement...

— Moi !... J'ai un petit bateau et je descends jusqu'au Havre chaque année pendant les vacances... Je connais d'autant mieux les environs de Poissy que c'est là que je gare le bateau...

Il s'agissait de Neveu, un inspecteur à l'aspect neutre et petit bourgeois que Maigret ne savait pas si sportif.

— Prenez une voiture dans la cour... Vous allez me conduire...

Le commissaire dut le faire attendre, car Torrence rentrait et lui communiquait le résultat de son enquête.

— Le chien est bien mort dans la soirée de lundi, confirmait-il. Mme Guillot pleure encore quand elle en parle... Les deux hommes l'ont placé dans le coffre de la voiture pour aller le jeter dans la Seine... On se souvient d'eux dans le café de la rue de Turenne... Ils sont arrivés un peu avant la fermeture...

— Quelle heure était-il ?

— C'était un peu après onze heures et demie... Des joueurs de belote finissaient leur partie et le patron attendait pour baisser ses volets... Mme Guillot m'a confirmé aussi, en rougissant, que son mari était rentré tard, elle ne sait pas à quelle heure, car elle s'était endormie, et qu'il était à moitié ivre... Elle a éprouvé le besoin de me jurer que ce n'est pas son habitude, qu'il fallait mettre ça sur le compte de l'émotion...

Maigret finit par s'installer à côté de Neveu dans l'auto qui se faufila en direction de la porte d'Asnières.

— On ne peut pas suivre la Seine tout le long... expliquait l'inspecteur. Vous êtes sûr que la péniche a dépassé Poissy ?...

— C'est ce que prétend l'éclusier-chef...

On commençait, sur la route, à voir des voitures découvertes et certains conducteurs avaient le bras de leur compagne passé autour de la taille. Des gens plantaient des fleurs dans leur jardin. Quelque part, une femme en bleu clair donnait à manger à ses poules.

Les yeux mi-clos, Maigret somnolait, in-différent en apparence au paysage et, chaque fois qu'on apercevait la Seine, Neveu disait le nom de l'endroit où on se trouvait.

Ils virent ainsi plusieurs bateaux qui montaient ou descendaient paisiblement le fleuve. Ici, une femme lavait son linge sur le pont, là, une autre tenait le gouvernail, un enfant de trois ou quatre ans assis à ses pieds.

La voiture s'arrêta à Meulan, où plusieurs péniches étaient amarrées.

— Quel nom avez-vous dit, patron ?

— « De Zwarte Zwaan »... Cela signifie le cygne noir...

L'inspecteur descendait de voiture, traversait le quai, engageait la conversation avec des mariniers et Maigret les voyait de loin qui gesticulaient.

— Ils sont passés il y a une demi-heure, annonçait Neveu en reprenant le volant. Comme ils font dix bons kilomètres à l'heure et même davantage, ils ne doivent plus être loin de Juziers...

C'est un peu après cette localité, devant l'île de Montalet, qu'ils aperçurent la péniche belge descendant le courant.

Ils la dépassèrent de deux ou trois cents mètres

et Maigret alla se camper sur la berge. Là, sans
crainte du ridicule, il se mit à faire de grands
gestes.

C'était Robert, le plus jeune des deux frères,
qui tenait la roue, une cigarette aux lèvres. Il
reconnut le commissaire, alla se pencher au-dessus
de l'écoutille et mit le moteur au ralenti. Un instant plus tard, le long et maigre Jef Van Houtte
apparaissait sur le pont, d'abord la tête, puis le
torse, enfin tout son grand corps dégingandé.

— Il faut que je vous parle... leur criait le
commissaire, les mains en porte-voix.

Jef lui faisait signe qu'il n'entendait rien, à
cause du moteur, et Maigret tentait de lui
expliquer qu'il devait s'arrêter.

On était en pleine campagne. A un kilomètre
environ, on apercevait des toits rouges et gris, des
murs blancs, une pompe à essence, l'enseigne
dorée d'une auberge.

Hubert Van Houtte mettait le moteur en
marche arrière. La jeune femme passait à son tour
la tête par l'écoutille et on devinait qu'elle
demandait à son mari ce qui se passait.

La manœuvre fut assez confuse. On aurait dit,
à distance, que les deux hommes ne s'entendaient
pas. Jef, l'aîné, désignait le village, comme pour
commander à son frère d'aller jusque-là, tandis
que Hubert, à la barre, se rapprochait déjà de la
rive.

Faute de pouvoir agir autrement, Jef finit par

lancer une amarre que l'inspecteur Neveu fut
assez fier d'attraper en vieux marin. Il y avait,
sur la berge, des bittes d'amarrage et, quelques
minutes plus tard, la péniche s'immobilisait dans
le courant.

— Qu'est-ce que vous voulez encore, maintenant ? criait Jef qui paraissait en colère.

Il y avait plusieurs mètres entre la rive et la
péniche et il ne faisait pas mine de poser la
passerelle.

— Vous croyez, comme ça, que c'est une
façon d'arrêter un bateau ? C'est le bon moyen
d'avoir un accident, oui, c'est moi qui vous le
dis...

— J'ai besoin de vous parler... répliquait
Maigret.

— Vous m'avez parlé tant que vous avez
voulu à Paris... Moi, je n'ai rien d'autre à vous
dire...

— Dans ce cas, je serai obligé de vous
convoquer à mon bureau...

— Qu'est-ce que c'est ?... Que moi je retourne
à Paris sans avoir débarqué mes ardoises ?

Hubert, plus accommodant, faisait signe à son
frère de se calmer. C'est lui qui finit par lancer
la passerelle vers le rivage et qui la franchit
comme un acrobate pour la fixer.

— Ne faites pas attention, monsieur. C'est
vrai, ce qu'il dit... On n'arrête pas un bateau
n'importe où...

Maigret montait à bord, assez embarrassé, au fond, car il ne savait pas au juste quelles questions il allait poser. En outre, il se trouvait en Seine-et-Oise et, réglementairement, c'était à la police de Versailles, sur commission rogatoire, d'interroger les Flamands.

— Vous allez nous retenir longtemps, dites ?

— Je l'ignore.

— Parce que nous, on ne va pas passer la nuit ici, vous savez. On a encore le temps d'arriver à Mantes avant le coucher du soleil...

— Dans ce cas, continuez...

— Vous voulez venir avec nous ?...

— Pourquoi pas ?...

— Ça, on n'a jamais vu, n'est-ce pas ?

— Vous entendez, Neveu ?... Continuez avec l'auto jusqu'à Mantes...

— Qu'est-ce que tu dis de ça, Hubert ?

— Il n'y a rien a faire, Jef... Avec la police, cela ne sert à rien de se fâcher...

On voyait toujours la tête blonde de la jeune femme au ras du pont et on entendait, en bas, un babíllement d'enfant. Comme la veille, il montait, du logement, de bonnes odeurs de cuisine.

La planche qui servait de passerelle fut retirée. Neveu, avant de monter en voiture, libéra les amarres qui firent jaillir du fleuve des gerbes lumineuses.

— Puisque vous avez encore des questions, je vous écoute...

On entendait à nouveau le halètement du diesel et le bruit de l'eau glissant contre la coque.

Maigret, debout à l'arrière de la péniche bourrait lentement sa pipe en se demandant ce qu'il allait dire.

6

— Vous m'avez bien dit hier que l'auto était rouge, n'est-ce pas ?

— Oui, monsieur (il prononçait mossieu, à la façon des augustes de cirque). Elle était aussi rouge que le rouge de ce drapeau-là...

Sa main désignait le drapeau belge, noir, jaune et rouge, qui flottait à l'arrière du bateau.

Hubert était à la barre et la jeune femme blonde avait rejoint l'enfant à l'intérieur. Quant à Jef, son visage trahissait deux sentiments contraires entre lesquels il semblait tiraillé. D'une part, l'hospitalité flamande lui dictait d'accueillir convenablement le commissaire comme on doit accueillir chez soi n'importe qui, et même de lui offrir un petit verre de genièvre ; d'autre part il était encore fâché de cet arrêt en pleine campagne et il considérait ce nouvel interrogatoire comme une atteinte à sa dignité.

C'est d'un regard sournois qu'il observait l'intrus dont le complet de ville et le chapeau noir faisaient tache à bord du bateau.

Quant à Maigret, il n'était pas tellement à son aise et il se demandait toujours par quel bout prendre son difficile interlocuteur. Il avait une longue expérience de ces hommes simples, peu intelligents, qui croient qu'on veut profiter de leur naïveté et qui, parce qu'ils se méfient, deviennent vite agressifs, à moins qu'ils s'enferment dans un mutisme têtu.

Ce n'était pas la première fois que le commissaire enquêtait à bord d'une péniche, bien que cela ne lui fût pas arrivé depuis longtemps. Il se souvenait surtout de ce qu'on appelait jadis un bateau-écurie, halé, le long des canaux, par un cheval qui passait la nuit à bord avec son charretier.

Ces bateaux-là étaient en bois et sentaient bon la résine dont on les enduisait périodiquement. L'intérieur, coquet, n'était pas sans rappeler celui d'un pavillon de banlieue.

Ici, par la porte ouverte, il découvrait un décor plus bourgeois, des meubles en chêne massif, des tapis, des vases sur des napperons brodés et une profusion de cuivres luisants.

— Où vous trouviez-vous quand vous avez

entendu du bruit sur le quai ? Vous étiez occupé
à travailler au moteur, je crois ?

Les yeux clairs de Jef se fixaient sur lui et on
aurait dit qu'il hésitait encore sur l'attitude à
prendre, qu'il luttait contre sa colère.

— Ecoutez, monsieur... Hier matin, vous étiez
là quand le juge m'a posé toutes ces questions...
Vous m'en avez posé vous-même... Et le petit
homme qui accompagnait le juge a tout écrit sur
du papier... L'après-midi, il est revenu pour me
faire signer ma déclaration... Est-ce que c'est
juste ?

— C'est exact...

— Alors, maintenant, vous venez me demander la même chose... Je vous dis, moi, que ce
n'est pas bien... Parce que, si je me trompe, vous
penserez que je vous ai menti... Je ne suis pas un
intellectuel, moi, monsieur... Je ne suis presque
pas allé à l'école... Hubert non plus... Mais nous
sommes tous les deux des travailleurs et Anneke
c'est aussi une femme qui travaille...

— Je cherche seulement à vérifier...

— A vérifier rien du tout... J'étais tranquille
sur mon bateau, comme vous dans votre maison...
Un homme a été jeté à l'eau et j'ai sauté dans le
bachot pour le repêcher... Je ne demande pas une
récompense, ni des félicitations... Mais ce n'est pas
une raison pour venir m'embêter avec des
questions... Voilà comment je pense, monsieur...

— Nous avons retrouvé les deux hommes de l'auto rouge...

Est-ce que Jef se rembrunit vraiment ou ne fût-ce qu'une impression de Maigret.

— Eh bien ! vous n'avez qu'à leur demander...

— Ils prétendent qu'il n'était pas minuit, mais onze heures et demie, quand ils sont descendus en voiture sur la berge...

— Peut-être que leur montre retardait, n'est-ce pas ?

— Nous avons vérifié leur témoignage... Ils se sont rendus ensuite dans un café de la rue de Turenne et y sont arrivés à minuit moins vingt...

Jef regarda son frère qui s'était tourné assez vivement vers lui.

— On pourrait aller s'asseoir à l'intérieur ?...

La cabine, assez vaste, servait à la fois de cuisine et de salle à manger et un ragoût mijotait sur le poêle en émail blanc. Mme Van Houtte. qui donnait le sein au bébé, se précipita vivement dans une chambre à coucher où le commissaire eut le temps d'apercevoir un lit couvert d'une courtepointe.

— Asseyez-vous, n'est-ce pas ?

Toujours hésitant, comme à contrecœur, il prenait dans le buffet aux portes à vitraux un cruchon de genièvre en grès brun, deux verres à fond épais.

Par les fenêtres carrées, on apercevait les arbres de la rive, parfois le toit rouge d'une villa.

Il y eut un silence assez long pendant lequel Jef
resta debout, son verre à la main. Il finit par en
boire une gorgée qu'il garda un certain temps
dans la bouche avant de l'avaler.

— Il est mort ? questionna-t-il enfin.

— Non. Il a repris connaissance.

— Qu'est-ce qu'il dit ?

Ce fut au tour de Maigret de ne pas répondre.
Il regardait les rideaux brodés des fenêtres, les
cache-pots de cuivre d'où émergeaient des plantes
vertes, une photographie, au mur, dans un cadre
doré, qui représentait un gros homme d'un certain
âge, en chandail et en casquette de marinier.

C'était un personnage comme on en voit
souvent sur les bateaux, trapu, les épaules
énormes, avec une moustache de phoque.

— C'est votre père ?

— Non, monsieur... C'est le père d'Anneke...

— Votre père était marinier aussi ?...

— Mon père, monsieur, il était débardeur, à
Anvers... Et ça, voyez-vous, ce n'est pas un métier
de chrétien...

— C'est pourquoi vous êtes devenu marinier ?

— J'ai commencé à travailler sur les péniches
à l'âge de treize ans et personne ne s'est jamais
plaint de moi...

— Hier soir...

Maigret croyait l'avoir amadoué par des

questions indirectes, mais l'homme secouait la tête.

— Non, monsieur... Je ne joue pas... Vous n'avez qu'à relire le papier...

— Et si je découvrais que vos déclarations ne sont pas exactes ?

— Alors, vous ferez ce que vous voudrez...

— Vous avez vu les deux hommes de l'auto revenir de sous le pont Marie ?

— Lisez le papier...

— Ils prétendent, eux, qu'ils n'ont pas dépassé votre péniche...

— Tout le monde peut dire ce qu'il veut, n'est-ce pas ?

— Ils affirment aussi qu'ils n'ont vu personne sur le quai et qu'ils se sont contentés de jeter un chien mort dans la Seine...

— Ce n'est pas ma faute s'ils appellent ça un chien...

La jeune femme revenait sans l'enfant, qu'elle avait dû coucher. Elle disait quelques mots en flamand à son mari qui approuvait, commençait à passer la soupe.

Le bateau ralentissait. Maigret se demandait si on était déjà arrivé mais, par la fenêtre, il ne tardait pas à apercevoir un remorqueur, puis trois péniches qui remontaient lourdement le courant. On passait sous un pont.

— Le bateau vous appartient ?

— Il est à moi et à Anneke, oui...

— Votre frère n'en est pas copropriétaire ?

— Qu'est-ce que ça veut dire ?

— Il n'en possède pas une partie ?

— Non, monsieur. Le bateau, il est à moi et à Anneke...

— De sorte que votre frère est votre employé ?

— Oui, monsieur...

Maigret s'habituait à son accent, à ses « monsieur » et à ses « n'est-ce pas ? » répétés. On sentait, aux regards de la jeune femme, qu'elle ne comprenait que quelques mots de français et qu'elle se demandait ce que les deux hommes pouvaient bien dire.

— Depuis longtemps ?

— A peu près deux ans...

— Il travaillait auparavant sur un autre bateau ? En France ?

— Il travaillait, comme nous, en Belgique et en France... Cela dépend des chargements...

— Pourquoi l'avez-vous fait venir auprès de vous ?

— Parce que j'avais besoin de quelqu'un, n'est-ce pas ?... C'est un grand bateau, vous savez...

— Et avant ?

— Avant quoi ?

— Avant que vous fassiez venir votre frère ?...

Maigret n'avançait que petit à petit, cherchant les questions les plus innocentes afin d'éviter que son interlocuteur se cabre à nouveau.

— Je ne comprends pas...

— Il y avait quelqu'un d'autre pour vous aider ?

— Bien sûr...

Avant de répondre, il avait jeté un coup d'œil à sa femme, comme pour s'assurer qu'elle n'avait pas compris.

— Qui était-ce ?

Jef remplissait les verres, pour se donner le temps de la réflexion.

— C'était moi, finit-il par déclarer.

— C'était vous qui étiez le matelot ?

— J'étais le mécanicien.

— Qui était le patron ?

— Je me demande si vous avez vraiment le droit de me poser toutes ces questions... La vie privée est la vie privée... Et moi, je suis belge, monsieur...

Comme il commençait à s'énerver, son accent devenait plus fort.

— Ce ne sont tout de même pas des manières, ça... Mes affaires me regardent et ce n'est pas parce que je suis flamand qu'il faut jouer avec mes choses...

Maigret fut quelques instants avant de comprendre l'expression et ne put s'empêcher de sourire.

— Je pourrais revenir avec un traducteur et interroger votre femme...

— Je ne permettrais pas qu'on ennuie Anneke...

— Il le faudra pourtant bien si je vous apporte un papier du juge... Je me demande maintenant s'il ne serait pas plus simple de vous emmener tous les trois à Paris...

— Et alors, qu'est-ce que deviendrait le bateau ?... Ça, je suis sûr que vous n'avez pas le droit de le faire...

— Pourquoi ne me répondez-vous pas tout simplement ?

Van Houtte baissait un peu la tête, en jetant à Maigret un regard en dessous, à la façon d'un écolier qui rumine un mauvais coup.

— Parce que ce sont mes affaires...

Jusqu'ici, il avait raison. Maigret n'avait aucun motif sérieux pour le harasser de la sorte. Il suivait son intuition. Il avait été frappé, en montant à bord près Juziers, par l'attitude du marinier.

Ce n'était pas exactement le même homme qu'à Paris. Jef avait été surpris de voir le commissaire sur la berge et sa réaction avait été vive. Depuis, il restait soupçonneux, replié sur lui-même, sans ce pétillement dans le regard, cette sorte d'humour dont il faisait preuve au port des Célestins.

— Vous voulez que je vous emmène ?

— Il faudrait que vous ayez une raison... Il existe des lois...

— La raison est que vous refusez de répondre à des questions de simple routine...

On entendait toujours le halètement du diesel et on apercevait les longues jambes de Hubert debout près de la roue du gouvernail.

— Parce que vous essayez de m'embrouiller...

— Je n'essaie pas de vous embrouiller mais d'établir la vérité...

— Quelle vérité ?

Il avançait, reculait, tantôt sûr de son bon droit et tantôt, au contraire, visiblement inquiet.

— Quand avez-vous acheté ce bateau ?

— Je ne l'ai pas acheté.

— Pourtant, il vous appartient ?

— Oui, monsieur, il m'appartient et il appartient à ma femme...

— Autrement dit, c'est en l'épousant que vous en êtes devenu propriétaire ?... Le bateau était à elle ?

— Est-ce que c'est extraordinaire ? Nous nous sommes mariés légitimement, devant le bourg-mestre et le curé...

— Jusqu'alors, c'était son père qui conduisait le « Zwarte Zwaan » ?

— Oui, monsieur... C'était le vieux Willems...

— Il n'avait pas d'autres enfants ?

— Non, monsieur...

— Qu'est-ce que sa femme est devenue ?

— Il y avait un an qu'elle était morte...

— Vous étiez déjà à bord ?

— Oui, monsieur...

— Depuis longtemps ?

— Willems m'a engagé quand sa femme est morte... C'était à Audenarde...

— Vous travailliez sur un autre bateau ?

— Oui, monsieur... Le « Drie Gebrouders »...

— Pourquoi avez-vous changé ?

— Parce que le « Drie Gebrouders » était une vieille péniche qui ne venait presque jamais en France et qui transportait surtout du charbon...

— Vous n'aimez pas transporter du charbon ?

— C'est sale...

— Il y a donc à peu près trois ans que vous êtes à bord de ce bateau-ci... Quel âge avait Anneke à cette époque ?

Entendant son nom, elle les regardait curieusement.

— Dix-huit ans, n'est-ce pas...

— Sa mère venait de mourir...

— Oui, monsieur... A Audenarde, je vous l'ai déjà dit...

Il écoutait le bruit du moteur, regardait la rive, allait dire quelques mots à son frère qui ralentissait pour passer sous un pont de chemin de fer.

Maigret, patiemment, reprenait son écheveau, s'efforçant de suivre un fil très ténu.

— Jusqu'alors, ils conduisaient le bateau en famille... La mère morte, ils ont eu besoin de quelqu'un... C'est bien ça ?

— C'est bien ça...

— Vous vous occupiez du moteur ?...

— Du moteur et du reste... A bord, on doit faire de tout...

— Vous êtes tombé tout de suite amoureux d'Anneke ?

— Ça, monsieur, c'est une question person- nelle, n'est-ce pas ?... Cela me regarde et cela la regarde...

— Quand vous êtes-vous mariés ?

— Il y aura deux ans le mois prochain...

— Quand Willems est-il mort ? C'est son por- trait, au mur ?

— C'est lui.

— Quand est-il mort ?

— Six semaines avant notre mariage...

De plus en plus, Maigret avait l'impression qu'il avançait à une lenteur décourageante et il s'armait de patience, tournait en ronds, en cercles de plus en plus serrés, pour ne pas effrayer le Flamand.

— Les bans étaient publiés quand Willems est mort ?

— Les bans, chez nous, sont publiés trois semaines avant le mariage... Je ne sais pas com- ment cela se passe en France...

— Mais le mariage était prévu ?

— Il faut croire, puisque nous nous sommes mariés...

— Voudriez-vous poser la question à votre femme ?

— Pourquoi est-ce que je lui poserais une question pareille ?...

— Sinon, je serais obligé de la lui faire poser par un interprète...

— Eh bien...

Il allait dire :

« — Faites-le !... »

Et Maigret aurait été bien embarrassé. On était en Seine-et-Oise, où le commissaire n'avait aucun droit de se livrer à cet interrogatoire.

Par chance, Van Houtte se ravisait, parlait à sa femme, dans sa langue. Celle-ci rougissait, surprise, regardait son mari, puis leur hôte, disait quelque chose qu'elle accompagnait d'un léger sourire.

— Vous voulez traduire ?

— Eh bien ! elle dit comme ça que nous nous aimions depuis longtemps...

— Depuis presque un an, à cette époque ?

— Presque tout de suite...

— Autrement dit, cela a commencé dès que vous avez vécu à bord...

— Quel mal...

Maigret l'interrompit.

— Ce que je me demande, c'est si Willems était au courant...

Jef ne répondait pas.

— Je suppose qu'au début, en tout cas, comme

la plupart des amoureux, vous vous cachiez de lui ?...

Une fois encore, le marinier regardait dehors.

— A présent, on va arriver... Mon frère a besoin de moi sur le pont...

Maigret l'y suivit et, en effet, on apercevait les quais de Mantes-la-Jolie, le pont, une douzaine de péniches amarrées dans le port fluvial.

Le moteur tourna au ralenti. Quand on le mit en marche arrière, il y eut de gros bouillons autour du gouvernail. Des gens les regardaient, des autres bateaux, et ce fut un gamin d'une douzaine d'années qui attrapa l'amarre.

Il était évident que la présence de Maigret, en complet de ville, un chapeau bordé sur la tête, excitait la curiosité.

D'une des péniches, on interpellait Jef en flamand et il répondait de même, tout en restant attentif à la manœuvre.

Sur le quai, l'inspecteur Neveu était debout, une cigarette aux lèvres, à côté de la petite auto noire, non loin d'un énorme tas de briques.

— Maintenant, j'espère que vous allez nous laisser tranquilles ? Ça va être l'heure de la soupe. Les gens comme nous se lèvent à cinq heures du matin...

— Vous n'avez pas répondu à ma question.

— Quelle question ?

— Vous ne m'avez pas dit si Willems était au courant de vos relations avec sa fille.

— Est-ce que je l'ai épousée ou est-ce que je ne l'ai pas épousée ?

— Vous l'avez épousée quand il est mort...

— C'est ma faute, s'il est mort ?

— Il a été longtemps malade ?

Ils se tenaient à nouveau à l'arrière du bateau et Hubert les écoutait en fronçant les sourcils.

— Il n'a jamais été malade de sa vie, à moins que ce soit une maladie d'être saoul tous les soirs...

Maigret se trompait peut-être, mais il lui semblait que Hubert était surpris par le tour de leur entretien et qu'il regardait son frère d'un air bizarre.

— Il est mort de delirium tremens ?

— Qu'est-ce que c'est ?

— La façon dont les ivrognes finissent le plus souvent... Ils ont une crise qui...

— Il n'a pas eu de crise... Il était si saoûl qu'il est tombé...

— Dans l'eau ?

Jef ne paraissait pas apprécier la présence de son frère, qui les écoutait toujours.

— Dans l'eau, oui...

— Cela se passait en France ?

Il faisait encore oui de la tête.

— A Paris ?

— C'est à Paris qu'il buvait le plus...

— Pourquoi ?

— Parce qu'il retrouvait une femme, je ne sais pas où, et qu'ils passaient tous les deux une partie de la nuit à s'enivrer...

— Vous connaissez cette femme ?

— Je ne sais pas son nom.

— Ni où elle habite ?

— Non.

— Mais vous l'avez vue avec lui ?

— Je les ai rencontrés et, une fois, je les ai vus entrer dans un hôtel... Ce n'est pas la peine de le dire à Anneke...

— Elle ignore comment son père est mort ?

— Elle sait comment il est mort, mais on ne lui a jamais parlé de cette femme...

— Vous la reconnaîtriez ?

— Peut-être... Je ne suis pas sûr...

— Elle l'accompagnait au moment de l'accident ?

— Je ne sais pas...

— Comment cela s'est-il produit ?

— Je ne peux pas vous le dire, puisque je n'y ai pas assisté.

— Où étiez-vous ?

— Dans mon lit...

— Et Anneke ?

— Dans son lit...

— Quelle heure était-il ?

Il répondait de mauvaise grâce, mais il répondait.

— Passé deux heures du matin...

— Il arrivait souvent à Willems de rentrer si tard ?

— A Paris, oui, à cause de cette femme...

— Que s'est-il passé ?

— Je vous l'ai dit. Il est tombé.

— En franchissant la passerelle ?

— Je suppose...

— C'était en été ?

— Au mois de décembre...

— Vous avez entendu le bruit de sa chute ?

— J'ai entendu du bruit contre la coque.

— Et des cris ?

— Il n'a pas crié.

— Vous vous êtes précipité à son aide ?

— Certainement.

— Sans prendre le temps de vous habiller ?

— J'ai mis un pantalon...

— Anneke a entendu aussi ?

— Pas tout de suite... Elle s'est éveillée quand je suis monté sur le pont...

— Quand vous montiez, ou quand vous y étiez déjà ?

Le regard de Jef devenait presque haineux.

— Demandez-lui... Si vous croyez que je me rappelle...

— Vous avez vu Willems dans l'eau ?

— Je n'ai rien vu du tout... J'entendais seulement que ça remuait...

— Il ne savait pas nager ?

— Il savait nager. Il faut croire qu'il n'a pas pu le faire...

— Vous avez sauté dans le bachot, comme lundi soir ?

— Oui, monsieur...

— Vous êtes parvenu à le retirer de l'eau ?

— Pas avant dix bonnes minutes parce que, chaque fois que j'essayais de le saisir, il disparaissait...

— Anneke se tenait sur le pont du bateau ?

— Oui, monsieur...

— C'est un homme mort que vous avez ramené ?

— Je ne savais pas encore qu'il était mort... Ce que je sais, c'est qu'il était violet...

— Un docteur est venu, la police ?

— Oui, monsieur. Est-ce que vous avez encore des questions ?

— Où cela se passait-il ?

— A Paris, je vous l'ai dit.

— A quel endroit de Paris ?

— Nous avions chargé du vin à Mâcon et nous le débarquions quai de la Rapée...

Maigret parvint à ne montrer aucune surprise, aucune satisfaction. On aurait dit, soudain, qu'il devenait plus bonhomme, comme si ses nerfs se détendaient.

— Je crois que j'ai presque fini... Willems s'est noyé une nuit quai de la Rapée, alors que vous dormiez à bord et que sa fille dormait de son côté...

C'est bien ça ?

Jef battait des paupières.

— Environ un mois plus tard, vous épousiez Anneke...

— Ça n'aurait pas été convenable de vivre tous les deux à bord sans se marier...

— A quel moment avez-vous fait venir votre frère ?

— Tout de suite... Trois ou quatre jours après...

— Après votre mariage ?

— Non. Après l'accident...

Le soleil avait disparu derrière les toits roses mais il faisait encore clair, d'une clarté un peu irréelle, comme inquiétante.

Hubert, près du gouvernail, où il restait immobile, paraissait songeur.

— Je suppose que vous, vous ne savez rien ?

— Sur quoi ?

— Sur ce qui s'est passé lundi soir ?

— J'étais occupé à danser rue de Lappe...

— Et sur la mort de Willems ?

— C'est en Belgique que j'ai reçu le télégramme...

— Alors, c'est fini ? s'impatientait Jef Van Houtte. On va pouvoir manger la soupe ?

Et Maigret, très calme, de répondre d'un ton détaché :

— Je crains que non.

Cela produisit un choc. Hubert leva vivement la tête et regarda, non le commissaire, mais son

frère. Quant à Jef, il questionna, le regard plus
agressif que jamais :

— Et voulez-vous me dire pourquoi je ne
pourrais pas manger la soupe ?

— Parce que j'ai l'intention de vous emmener
à Paris.

— Vous n'avez pas le droit de faire ça...

— Je peux, dans une heure, me faire apporter
un mandat d'amener signé du juge d'instruction...

— Et pourquoi, s'il vous plaît ?

— Pour continuer ailleurs cet interrogatoire...

— J'ai dit ce que j'avais à dire...

— Et aussi pour vous confronter avec le clochard que, lundi soir, vous avez retiré de la
Seine...

Jef se tournait vers son frère comme s'il appelait celui-ci à l'aide.

— Tu crois, toi, Hubert, que le commissaire
a le droit...

Mais Hubert se taisait.

— Vous voudriez m'embarquer dans votre
auto ?

Il l'avait reconnue, sur le quai, près de Neveu,
et il la désignait de la main.

— Et quand est-ce que j'aurais le droit de
revenir sur mon bateau ?

— Peut-être demain...

— Et si ce n'est pas demain ?

— Dans ce cas, il y a des chances pour que
vous n'y reveniez jamais...

— Qu'est-ce que vous dites ?

Il serrait les poings et, un moment, Maigret crut qu'il allait se précipiter sur lui.

— Et ma femme ?... Et mon enfant ?... Qu'est-ce que c'est, ces histoires que vous inventez ?... Mais je préviendrai mon consul...

— C'est votre privilège...

— Vous voulez rire, n'est-ce pas ?

Il ne parvenait pas encore à y croire.

— On ne peut pas venir arrêter, sur son bateau, un homme qui n'a rien fait...

— Je ne vous arrête pas...

— Comment est-ce que vous appelez ça, dites ?

— Je vous emmène à Paris pour vous confronter avec un témoin qui n'est pas transportable.

— Je ne le connais même pas, moi, cet homme-là... Je l'ai retiré de l'eau parce qu'il appelait au secours... Si j'avais su...

Sa femme apparaissait et lui posait une question en flamand. Il lui répondait avec volubilité. Elle regardait les trois hommes tour à tour, puis elle parlait à nouveau et Maigret aurait juré qu'elle conseillait à son mari de suivre le commissaire.

— Où est-ce que vous comptez me faire dormir ?

— On vous donnera un lit, quai des Orfèvres...

— En prison ?

— Non. A la Police Judiciaire...

— Est-ce que je peux seulement changer de costume ?

Le commissaire le lui permit et il disparut avec sa femme. Hubert, resté seul en compagnie de Maigret, ne disait rien, regardant vaguement les passants et les voitures sur la berge. Maigret ne disait rien non plus et se sentait épuisé par cet interrogatoire à bâtons rompus pendant lequel, dix fois, découragé, il avait cru qu'il n'aboutirait nulle part.

Ce fut Hubert qui parla le premier, d'un ton conciliateur.

— Il ne faut pas faire attention... C'est une tête chaude, mais il n'est pas mauvais...

— Willems était au courant de ses relations avec sa fille ?

— A bord d'un bateau, ce n'est pas facile de se cacher...

— Vous croyez que ce mariage lui plaisait ?

— Je n'étais pas là...

— Et vous pensez qu'il est tombé à l'eau en traversant la passerelle, un soir qu'il était ivre ?

— Cela arrive souvent, vous savez... Beaucoup de mariniers meurent comme ça...

On discutait en flamand, à l'intérieur, et la voix d'Anneke était suppliante tandis que celle de son mari trahissait la colère. Menaçait-il à nouveau de ne pas suivre le commissaire ?

C'est elle qui gagna, car Jef finit pas réapparaître sur le pont, les cheveux bien peignés, encore

humides. Il portait une chemise blanche qui faisait ressortir le hâle de son teint, un complet
bleu presque neuf, une cravate à rayures, des
souliers noirs, comme pour aller à la messe du
dimanche.

Il s'entretint encore dans sa langue avec son
frère, sans regarder Maigret, et il descendit à
terre, se dirigea vers l'auto noire à côté de laquelle il attendit.

Le commissaire ouvrit la portière tandis que
Neveu les observait tous les deux avec étonnement.

— Où allons-nous, patron ?

— Quai des Orfèvres.

Ils finirent le trajet dans l'obscurité, les phares
éclairant tantôt des arbres, tantôt les maisons d'un
village, enfin les rues grises de la grande banlieue.

Maigret ne soufflait mot et fumait sa pipe dans
un coin. Jef Van Houtte n'ouvrait pas davantage
la bouche et Neveu, impressionné par ce silence
inhabituel, se demandait ce qui avait pu se passer.

Il se risqua à demander :

— Vous avez réussi, patron ?

Ne recevant aucune réponse, il se contenta
désormais de conduire la voiture.

Il était huit heures du soir quand ils entrèrent
dans la cour de la P.J. Il n'y avait plus que de
rares fenêtres éclairées, mais le vieux Joseph était
encore à son poste.

Dans le bureau des inspecteurs, trois ou quatre hommes seulement, parmi lesquels Lapointe qui tapait à la machine.

— Tu feras monter des sandwiches et de la bière...

— Pour combien de personnes...

— Pour deux... Non, pour trois, car j'aurai peut-être besoin de toi... Tu es libre ?

— Oui, patron...

Au milieu du bureau de Maigret, le marinier paraissait plus grand, plus maigre, les traits plus dessinés.

— Vous pouvez vous asseoir, M. Van Houtte...

Le « monsieur » fit froncer les sourcils de Jef, qui y vit comme une menace.

— On va nous apporter des sandwiches...

— Et quand est-ce que je verrai le consul ?

— Demain matin...

Assis devant son bureau, Maigret appelait sa femme au téléphone.

— Je ne rentrerai pas dîner... Non... Il est possible que je reste ici une partie de la nuit...

Elle devait avoir envie de lui poser des tas de questions, se contentait d'une seule, sachant l'intérêt que son mari prenait au clochard.

— Il n'est pas mort ?

— Non...

Elle ne lui demanda pas s'il avait arrêté quelqu'un. Du moment qu'il téléphonait de son bureau et qu'il prévoyait d'y rester une partie de la nuit,

cela signifiait qu'un interrogatoire était en train
ou ne tarderait pas à commencer.

— Bonne nuit...

Il regardait Jef d'un air ennuyé.

— Je vous ai prié de vous asseoir...

Cela le gênait de voir ce grand corps immobile au milieu du bureau.

— Et si je n'ai pas envie de m'asseoir ? C'est
mon droit de rester debout, n'est-ce pas ?

Maigret se contenta de soupirer et d'attendre
patiemment le garçon de la brasserie Dauphine
qui allait apporter la bière et les sandwiches.

7

Cette nuits-là, qui, huit fois sur dix, s'achevaient par des aveux, avaient fini par acquérir leurs règles, voire leurs traditions, comme les pièces de théâtre qui se jouent plusieurs centaines de fois.

Les inspecteurs de garde dans les différents services avaient tout de suite compris ce qui se passait, comme le garçon de la brasserie Dauphine qui avait apporté les sandwiches et la bière.

La mauvaise humeur, la colère plus ou moins rentrée n'avaient pas empêché le Flamand de manger avec appétit, ni de vider son premier demi d'une haleine sans quitter Maigret du coin de l'œil.

Il le fit exprès, par défi ou par protestation, de manger salement, mâchant avec bruit, la bouche ouverte, crachant sur le plancher, comme il l'au-

rait craché dans l'eau, un petit morceau dur du
jambon.

Le commissaire, calme et bénin en apparence,
feignait de ne pas s'apercevoir de ces provoca-
tions et le laissait aller et venir dans le bureau
comme un animal en cage.

Avait-il eu raison ? Avait-il eu tort ? Le plus
difficile, dans une enquête, est souvent de savoir
à quel moment risquer le grand jeu. Or, il n'y
a pas de règles établies. Cela ne dépend pas de
tel ou tel élément. Ce n'est qu'une question de
flair.

Il lui était arrivé d'attaquer sans aucun indice
sérieux et de réussir en quelques heures. D'autres
fois, au contraire, avec tous les atouts et une
douzaine de témoins, il avait fallu la nuit entière.

Il était important aussi de trouver le ton, différent avec chaque interlocuteur, et c'était ce ton
qu'il cherchait en achevant de manger et en
observant le marinier.

— Vous désirez d'autres sandwiches ?

— Ce que je désire, c'est retrouver mon bateau
et ma petite femme, voilà !

Il finirait par en avoir assez de tourner en
rond et par s'asseoir. C'était un homme qu'il ne
servait à rien de brusquer et la méthode à adopter
avec lui était sans doute celle de la « chansonnette » : commencer en douceur, sans l'accuser ;
lui faire admettre une première contradiction sans
importance, puis une autre, une faute pas trop

grave afin de l'engager petit à petit dans l'engre-
nage.

Les deux hommes étaient seuls. Maigret avait
chargé Lapointe d'une course.

— Ecoutez, Van Houtte...

— Cela fait des heures que je vous écoute,
n'est-ce pas ?

— Si cela a duré si longtemps, c'est peut-être
que vous ne me répondez pas franchement...

— Vous allez me traiter de menteur, peut-être ?

— Je ne vous accuse pas de mentir, mais de
ne pas tout me dire...

— Et si, moi, je commençais à vous poser des
questions sur votre femme, sur vos enfants...

— Vous avez eu une enfance pénible... Votre
mère s'occupait beaucoup de vous ?

— C'est le tour de ma mère, à cette heure ?...
Sachez que ma mère est morte quand j'avais
seulement cinq ans... Et que c'était une honnête
femme, une sainte femme qui, si elle me regarde
en ce moment du haut du ciel...

Maigret s'interdisait de broncher, restait grave.

— Votre père ne s'est pas remarié ?

— Mon père, c'était différent... Il buvait trop...

— A quel âge avez-vous commencé à gagner
votre vie ?

— Je me suis embarqué à treize ans, je vous
l'ai dit...

— Vous avez d'autres frères que Hubert ? Une
sœur ?

— J'ai une sœur. Et après ?

— Rien. Nous faisons connaissance...

— Alors, si c'est pour faire connaissance, je devrais vous poser des questions, moi aussi...

— Je n'y verrais pas d'inconvénient...

— Vous dites ça parce que vous êtes dans votre bureau et que vous vous croyez tout-puissant...

Maigret savait depuis le début que ce serait long, difficile, parce que Van Houtte n'était pas intelligent. Invariablement, c'était avec les imbéciles qu'il avait le plus de mal, parce qu'ils se butent, refusent de répondre, n'hésitent pas à nier ce qu'ils ont affirmé une heure plus tôt, sans se troubler lorsqu'on met le doigt sur leurs contradictions.

Avec un suspect intelligent, il suffit souvent de découvrir la faille dans son raisonnement, dans son système, pour que tout ne tarde pas à s'écrouler.

— Je ne crois pas me tromper en pensant que vous êtes un travailleur...

Un coup d'œil en coin, lourd de méfiance.

— Sûrement que j'ai toujours travaillé dur...

— Certains patrons ont dû abuser de votre bonne volonté et de votre jeunesse... Un jour, vous avez rencontré Louis Willems, qui buvait comme votre père...

Immobile au milieu de la pièce, Jef le regardait avec l'air d'un animal qui flaire le danger mais qui se demande encore comment on va l'attaquer.

— Je suis persuadé que, sans Anneke, vous ne seriez pas resté à bord du « Zwarte Zwaan » et que vous auriez changé de bateau...

— Mme Willems, aussi, était une brave femme...

— Et elle n'était ni fière ni autoritaire comme son mari...

— Qui vous a dit qu'il était fier ?

— Il ne l'était pas ?

— Il était le « boss », le patron, et tenait à ce que tout le monde le sache...

— Je parierais que Mme Willems, si elle avait vécu, ne se serait pas opposée à ce que vous épousiez sa fille...

C'était peut-être un imbécile, mais il avait un instinct de fauve et, cette fois, Maigret était allé trop vite.

— Ça est votre histoire, n'est-ce pas ? Moi aussi, je peux inventer des histoires ?

— C'est la vôtre, telle que je l'imagine, au risque de me tromper.

— Et tant pis pour moi si, parce que vous vous trompez, vous me fourrez en prison...

— Ecoutez-moi jusqu'au bout... Vous avez eu une enfance pénible... Tout jeune, vous avez travaillé aussi durement qu'un homme... Puis, voilà que vous rencontrez Anneke et qu'elle vous regarde autrement qu'on vous a regardé jusqu'alors...

Elle vous considère, non comme celui qui est à bord pour se charger de toutes les corvées et pour recevoir les engueulades, mais comme un être humain... Il est naturel que vous vous soyez mis à l'aimer... Sans doute sa mère, si elle avait vécu, aurait-elle favorisé vos amours...

Ouf ! L'homme finissait par s'asseoir, pas encore sur une chaise, mais sur le bras d'un fauteuil, ce qui était déjà un progrès.

— Et après ? C'est une belle histoire, savez-vous...

— Malheureusement, Mme Willems était morte. Vous étiez seul à bord avec son mari et Anneke, en contact avec celle-ci toute la journée, et je jurerais que Willems vous surveillait...

— C'est vous qui dites ça...

— Propriétaire d'un beau bateau, il n'avait pas envie que sa fille épouse un garçon sans le sou... Quand il buvait, le soir, il se montrait désagréable, brutal...

Maigret retrouvait sa prudence et ne cessait pas d'observer les yeux de Jef.

— Vous croyez que je laisserais un homme porter la main sur moi ?

— Je suis certain du contraire... Seulement, ce n'était pas sur vous qu'il levait la main... C'était sur sa fille... Je me demande s'il ne vous a pas surpris tous les deux...

Il valait mieux laisser passer quelques instants

et le silence était lourd tandis que la pipe de
Maigret fumait doucement.

— Vous m'avez fourni tout à l'heure un détail
intéressant... C'est à Paris, surtout, que Willems
sortait le soir, parce qu'il allait retrouver une amie
et qu'il se saoulait avec elle...

« Ailleurs, il buvait à bord, ou dans un esta-
minet proche du quai. Comme tous les mariniers
qui, vous me l'avez dit, se lèvent avant le soleil,
il devait se coucher de bonne heure...

« A Paris, vous aviez l'occasion de rester seuls,
Anneke et vous... »

On entendit des pas, des voix dans le bureau
voisin. Lapointe entrouvrit la porte.

— C'est fait, patron...

— Tout à l'heure...

Et la « chansonnette » continuait dans le bureau déjà plein de fumée.

— Il est possible qu'un soir il soit rentré plus
tôt que de coutume et qu'il vous ait trouvé dans
les bras l'un de l'autre... Si cela s'est passé ainsi,
il s'est certainement mis en colère... Et ses colères
devaient être terribles... Peut-être vous a-t-il flanqué à la porte... Il a frappé sa fille...

— C'est votre histoire... répétait Jef d'un ton
ironique.

— C'est l'histoire que je choisirais si j'étais à
votre place... Parce que, dans ce cas, la mort de
Willems deviendrait presque un accident...

— Ça est un accident...

— J'ai dit presque... Je ne prétends même pas que vous l'ayez aidé à tomber à l'eau... Il était ivre... Il zigzaguait... Est-ce qu'il pleuvait, cette nuit-là ?

— Oui...

— Vous voyez !... Donc, la planche était glissante... La faute que vous avez commise est de ne pas lui avoir porté secours tout de suite... A moins que ce soit un peu plus grave, que vous l'ayez poussé... Cela se passait il y a deux ans et le procès-verbal de la police fait mention d'un accident, non d'un meurtre...

— Alors ? Pourquoi est-ce que vous vous obstinez à me mettre ça sur le dos ?

— J'essaie seulement d'expliquer... Supposez, à présent, que quelqu'un vous ait vu pousser Willems à l'eau... Quelqu'un qui se trouvait sur le quai, invisible à vos yeux... Il aurait pu révéler à la police que vous êtes resté sur le pont du bateau assez longtemps avant de sauter dans le bachot, afin de donner à votre patron le temps de mourir...

— Et Anneke ? Peut-être qu'elle aussi regardait sans rien dire ?

— A deux heures du matin, il est probable qu'elle dormait... En tout cas, l'homme qui vous a vu, et qui couchait, à cette époque-là, sous le pont de Bercy, n'a rien dit à la police...

« Les clochards n'aiment pas beaucoup se mêler des affaires des gens... Ils ne voient pas le monde comme les autres et ils ont leur idée à eux de la justice...

« Vous avez pu épouser Anneke et, comme il fallait quelqu'un avec vous pour conduire le bateau, vous avez fait venir votre frère de Belgique... Vous étiez enfin heureux... Vous étiez devenu le « boss » à votre tour, comme vous dites...

« Depuis, vous êtes passé plusieurs fois par Paris et je parierais que vous avez évité de vous amarrer près du pont de Bercy... »

— Non, monsieur ! Je m'y suis amarré au moins trois fois...

— Parce que le clochard n'était plus là... Les clochards, eux aussi, déménagent, et le vôtre s'était installé sous le pont Marie...

« Lundi, il a reconnu le « Zwarte Zwaan »... Il vous a reconnu... Je me demande... »

Il faisait mine de suivre une nouvelle idée.

— Vous vous demandez quoi ?

— Je me demande si, quai de la Rapée, quand Willems a été retiré de l'eau, vous ne l'avez pas aperçu... Oui... C'est presque indispensable que vous l'ayez vu... Il s'est approché, mais il n'a rien dit...

« Lundi, quand il s'est mis à rôder autour de votre bateau, vous vous êtes rendu compte qu'il pouvait parler... Il n'est pas invraisemblable qu'il ait menacé de le faire... »

Maigret n'y croyait pas. Ce n'était pas le genre

du Toubib. Pour le moment, c'était nécessaire à son histoire.

— Vous avez eu peur... Vous avez pensé que ce qui était arrivé à Willems pouvait bien arriver à quelqu'un d'autre, presque de la même façon...

— Et je l'ai jeté dans l'eau, hein ?

— Mettons que vous l'ayez bousculé...

Une fois de plus, Jef était debout, plus calme que précédemment, plus dur.

— Non, monsieur ! Vous ne me ferez jamais avouer une chose pareille. Ce n'est pas la vérité...

— Alors, si je me suis trompé dans quelque détail, dites-le moi...

— Je l'ai déjà dit...

— Quoi ?

— Cela a été écrit noir sur blanc par le petit homme qui accompagnait le juge...

— Vous avez déclaré que, vers minuit, vous aviez entendu du bruit...

— Si je l'ai dit, c'est vrai.

— Vous avez ajouté que deux hommes, dont l'un portait un imperméable clair, venaient à ce moment de dessous le pont Marie et se précipitaient vers une voiture rouge...

— Elle était rouge...

— Ils ont donc longé votre péniche...

Van Houtte ne bronchait pas. Maigret se dirigeait vers la porte et l'ouvrait.

— Entrez, messieurs...

Lapointe était allé chercher chez eux l'agent

d'assurances et son ami bègue. Il les avait trouvés
qui faisaient une belote à trois avec Mme Guillot
et ils l'avaient suivi sans protester. Guillot portait
le même imperméable jaunâtre que le lundi soir.

— Ce sont bien les deux hommes qui sont
partis dans la voiture rouge ?

— Ce n'est pas pareil de voir des gens, la
nuit, sur un quai mal éclairé, que de les voir dans
un bureau...

— Ils correspondent à la description que vous
en avez faite...

Jef hochait la tête, refusant toujours de se
prononcer.

— Ils étaient bien, ce soir-là, au port des
Célestins. Voulez-vous nous dire, M. Guillot, ce
que vous y avez fait ?

— Nous avons descendu la rampe avec l'auto...

— A quelle distance cette rampe se trouve-
t-elle du pont ?

— Plus de cent mètres.

— Vous avez arrêté la voiture juste au bas de
la rampe ?

— Oui.

— Ensuite ?

— Nous sommes allés prendre le chien dans
le coffre arrière.

— Il était lourd ?

— Nestor pesait plus lourd que moi... Soixante-
douze kilos il y a deux mois, la dernière fois que
nous l'avons pesé chez le boucher...

— Il y avait une péniche au bord du quai ?

— Oui.

— Vous vous êtes dirigés tous les deux, avec votre fardeau, vers le pont Marie ?

Hardoin ouvrait la bouche pour protester mais par bonheur son ami intervenait avant lui.

— Pourquoi serions-nous allés jusqu'au pont Marie ?

— Parce que monsieur ici présent le prétend.

— Il nous a vus aller vers le pont Marie ?

— Pas exactement. Il vous a vus en revenir...

Les deux hommes se regardaient.

— Il ne peut pas nous avoir vus marchant le long de la péniche, puisque nous avons jeté le chien à l'eau derrière celle-ci... J'ai même eu peur que le sac s'accroche dans le gouvernail... J'ai attendu un moment pour être sûr que le courant l'emmenait vers le large...

— Vous entendez, Jef ?

Et celui-ci, sans se troubler :

— C'est son histoire, n'est-ce pas ?... Vous aussi, vous avez raconté votre histoire... Et peut-être qu'il y aura encore d'autres histoires... Ce n'est pas ma faute, à moi...

— Quelle heure était-il, M. Guillot ?

Mais Hardoin ne pouvait se résigner à un rôle muet et commençait :

— On... on... onze heures et... et...

— Onze heures et demie, interrompait son

ami. La preuve, c'est que nous étions dans le café de la rue de Turenne à minuit moins vingt...

— Votre auto est rouge ?

— C'est une 403 rouge, oui...

— Qui comporte deux 9 sur la plaque minéralogique ?

— 7949 L F 75... Si vous voulez voir la carte grise...

— Vous désirez descendre dans la cour pour reconnaître la voiture, M. Van Houtte ?

— Je ne désire rien du tout, que d'aller retrouver ma femme...

— Comment expliquez-vous ces contradictions ?

— C'est vous qui expliquez... Moi, ce n'est pas mon métier...

— Vous savez la faute que vous avez commise ?

— Oui. De retirer cet homme de l'eau...

— D'abord, oui... Mais, cela, vous ne l'avez pas fait exprès...

— Comment, je ne l'ai pas fait exprès ?... J'étais peut-être somnambule quand j'ai détaché le bachot et qu'avec la gaffe j'ai essayé de...

— Vous oubliez que quelqu'un d'autre avait entendu les cris du clochard... Willems, lui, n'avait pas crié, sans doute saisi de congestion dès son contact avec l'eau froide...

« Pour le Toubib, vous avez pris la précaution de l'assommer d'abord... Vous vous imaginiez qu'il

était mort ou qu'il ne valait pas mieux, qu'en
tout cas il serait incapable de s'en tirer dans le
courant et les remous...

« Vous avez été désagréablement surpris quand
vous avez entendu ses appels... Et vous l'auriez
laissé crier tout son saoul si vous n'aviez entendu
une autre voix, celle du marinier du « Poitou »...
Il vous voyait, debout sur le pont de votre bateau...

« Alors, vous avez cru adroit de jouer les sau-
veteurs... »

Jef se contentait de hausser les épaules.

— Quand je vous disais il y a un instant que
vous avez commis une faute, ce n'est pas à ceci
que je faisais allusion... Je pensais à votre histoire... Car vous avez cru bon de raconter une
histoire, afin de détourner tout soupçon... Cette
histoire-là, vous l'avez fignolée... »

L'agent d'assurances et son ami, impression-
nés, regardaient tour à tour le commissaire et le
marinier, comprenant enfin que c'était la tête
d'un homme qui se jouait.

— A onze heures et demie, vous n'étiez pas
occupé à travailler à votre moteur, comme vous
l'avez prétendu, mais vous vous trouviez à un
endroit d'où vous pouviez apercevoir le quai, soit
dans la cabine, soit quelque part sur le pont du
bateau... Sinon, vous n'auriez pas aperçu l'auto
rouge...

« Vous avez assisté à l'immersion du chien...

Cela vous est revenu à l'esprit quand la police vous a demandé ce qui s'était passé...

« Vous vous êtes dit qu'on ne retrouverait pas la voiture et vous avez parlé de deux hommes revenant de sous le pont Marie... »

— Moi, je vous laisse dire, n'est-ce pas ? Ils racontent ce qu'il leur plaît. Vous racontez ce qu'il vous plaît...

Maigret se dirigeait une fois de plus vers la porte.

— Entrez, M. Goulet...

Lui aussi, le marinier du « Poitou », dont on déchargeait toujours le sable au port des Célestins, c'était Lapointe qui était allé le chercher.

— Quelle heure était-il quand vous avez entendu des cris qui provenaient de la Seine ?

— Aux environs de minuit.

— Vous ne pouvez pas être plus précis ?

— Non.

— Il était plus tard qu'onze heures et demie ?

— Sûrement. Quand tout a été fini, je veux dire quand le corps a été hissé sur la berge et que l'agent est arrivé, il était minuit et demie... Je crois que l'agent a noté l'heure dans son carnet... Or, il ne s'est pas écoulé plus d'une demi-heure entre le moment où...

— Qu'est-ce que vous en dites, Van Houtte ?

— Moi ? Rien du tout, n'est-ce pas ? Il raconte...

— Et l'agent de police ?

— L'agent de police raconte aussi...

A dix heures du soir, les trois témoins étaient partis et on avait apporté, de la brasserie Dauphine, un nouveau plateau de sandwiches et de demis. Maigret gagnait le bureau voisin pour dire à Lapointe :

— A toi...

— Qu'est-ce que je lui demande ?

— N'importe quoi...

C'était la routine. Ils se relayaient parfois à trois ou quatre au cours d'une nuit, reprenant plus ou moins les mêmes questions d'une façon différente, usant peu à peu la résistance du suspect.

— Allô !... Passez-moi ma femme, s'il vous plaît...

Mme Maigret n'était pas couchée.

— Tu fais mieux de ne pas m'attendre...

— Tu parais fatigué... C'est difficile ?...

Elle sentait du découragement dans sa voix.

— Il niera jusqu'au bout, sans donner la moindre prise... C'est le plus beau spécimen d'imbécile buté que j'aie eu en face de moi...

— Et le Toubib ?

— Je vais prendre de ses nouvelles...

En effet, il appela ensuite l'Hôtel-Dieu et eut la garde de nuit de la chirurgie à l'appareil.

— Il dort... Non, il ne souffre pas... Le professeur est passé le voir après dîner et le considère comme hors de danger...

— Il a parlé ?

— Avant de s'endormir, il m'a demandé à boire...

— Il n'a rien dit d'autre ?

— Non. Il a pris son sédatif et a fermé les yeux...

Maigret alla arpenter le couloir pendant une demi-heure, laissant sa chance à Lapointe dont il entendait la voix bourdonner derrière la porte. Puis il rentra dans son bureau, pour trouver Jef Van Houtte enfin assis sur une chaise, ses grandes mains croisées sur les genoux.

La mine de l'inspecteur disait éloquemment qu'il n'avait obtenu aucun résultat cependant que le marinier, de son côté, avait un air goguenard.

— Ça va continuer longtemps ? questionna-t-il en regardant Maigret reprendre sa place. N'oubliez pas que vous m'avez promis de faire venir le consul. Je lui raconterai tout ce que vous avez fait et ce sera dans les journaux belges...

— Ecoutez-moi, Van Houtte...

— Cela fait des heures et des heures que je vous écoute et vous répétez tout le temps la même chose...

Il désignait du doigt Lapointe :

— Celui-là aussi... Vous en avez d'autres, derrière la porte, qui vont venir me poser des questions ?...

— Peut-être...

— Je leur ferai les mêmes réponses...

— Vous vous êtes contredit plusieurs fois...

— Et même si je m'étais contredit ?... Vous ne vous contrediriez pas, vous, à ma place ?

— Vous avez entendu les témoins...

— Les témoins disent une chose... J'en dis une autre... Cela ne signifie pas que ce soit moi le menteur... J'ai travaillé toute ma vie... Demandez à n'importe quel marinier ce qu'il pense de Jef Van Houtte... Il n'y en a pas un qui trouvera du mal à dire de moi...

Et Maigret reprenait par le commencement, décidé à essayer jusqu'au bout, se souvenant d'un cas où l'homme assis en face de lui, aussi coriace que le Flamand, avait soudain flanché à la seizième heure, alors que le commissaire allait abandonner.

Ce fut une de ses nuits les plus épuisantes. Deux fois, il passa dans le bureau voisin tandis que Lapointe prenait sa place. A la fin, il n'y avait plus de sandwiches, plus de bière et ils avaient l'impression de n'être qu'eux trois, comme des fantômes, dans les locaux déserts de la P. J. où des femmes de ménage balayaient les couloirs.

— Il est impossible que vous ayez vu les deux hommes marcher le long de la péniche...

— La différence entre nous, c'est que j'y étais et que vous n'y étiez pas...

— Vous les avez entendus...

— Tout le monde parle...

— Remarquez que je ne vous accuse pas de préméditation...

— Qu'est-ce que ça veut dire ?

— Je ne prétends pas que vous saviez d'avance que vous alliez le tuer...

— Qui ? Willems ou le type que j'ai retiré de l'eau ? Parce que, à l'heure qu'il est, il y en a deux, n'est-ce pas ? Et demain, il y en aura peut-être trois, ou quatre, ou cinq... Ce n'est pas difficile, pour vous, d'en ajouter...

A trois heures, Maigret, harassé, décidait d'abandonner. Pour une fois, c'était lui, et non son interlocuteur, qui était écœuré.

— En voilà assez pour aujourd'hui... gromme-la-t-il en se levant.

— Alors, je peux aller retrouver ma femme ?

— Pas encore...

— Vous m'envoyez coucher en prison ?

— Vous coucherez ici, dans un bureau où il y a un lit de camp...

Pendant que Lapointe l'y conduisait, Maigret quittait la P. J. et marchait, les mains dans les poches, dans les rues désertes. Ce n'est qu'au Châtelet qu'il trouva un taxi.

Il entra sans bruit dans la chambre où Mme Maigret bougea dans son lit et balbutia d'une voix endormie :

— C'est toi ?

Comme si cela aurait pu être quelqu'un d'autre !

— Quelle heure est-il ?

— Quatre heures...

— Il a avoué ?

— Non.

— Tu crois que c'est lui ?

— J'en suis moralement sûr...

— Tu as dû le relâcher ?

— Pas encore.

— Tu ne veux pas que je te prépare un morceau à manger ?

Il n'avait pas faim, mais il se versa un verre d'alcool avant de se coucher, ce qui ne l'empêcha pas de chercher le sommeil pendant une bonne demi-heure.

Il n'oublierait pas le marinier belge de longtemps !

8

CE fut Torrence qui les accompagna ce matin-
là, car Lapointe avait passé le reste de la nuit
quai des Orfèvres. Auparavant, Maigret avait eu
un assez long entretien téléphonique avec le professeur Magnin.

— Je suis certain que, depuis hier soir, il a
toute sa connaissance, affirmait celui-ci. Je vous
demande seulement de ne pas le fatiguer. N'oubliez pas qu'il a reçu un choc sévère et qu'il en
a pour des semaines à se rétablir complètement.

Ils marchaient tous les trois le long des quais,
dans le soleil, Van Houtte entre le commissaire
et Torrence, et on aurait pu les prendre pour des
promeneurs savourant une belle matinée de printemps.

Van Houtte, qui ne s'était pas rasé, faute de

rasoir, avait le visage couvert de poils blonds qui brillaient au soleil.

En face du Palais de Justice, ils s'étaient arrê- tés dans un bar pour boire du café et manger des croissants. Le Flamand en avait avalé sept le plus calmement du monde.

Il dut croire qu'on le conduisait au pont Marie pour une sorte de reconstitution et il fut surpris qu'on le fasse pénétrer dans la cour grise de l'Hôtel-Dieu, puis dans les couloirs de l'hôpital.

S'il lui arrivait de froncer les sourcils, il ne se troublait pas.

— On peut entrer ? demandait Maigret à l'in- firmière-chef.

Celle-ci examinait avec curiosité son compa- gnon et elle finit par hausser les épaules. Tout cela la dépassait. Elle renonçait à comprendre.

Pour le commissaire, c'était la dernière chance. Il s'avança le premier dans la salle où, comme la veille, les malades le suivaient des yeux, suivi de Jef qu'il cachait partiellement, tandis que Torrence fermait la marche.

Le Toubib le regardait venir sans curiosité ap- parente et, quand il découvrit le marinier, il ne se produisit aucun changement dans son attitude.

Quant à Jef, il ne se démontait pas plus qu'il ne l'avait fait au cours de la nuit. Les bras bal- lants, le visage indifférent, il observait ce specta- cle, inhabituel pour lui, d'une salle d'hôpital.

Le choc espéré ne se produisait pas.

— Avancez, Jef...

— Qu'est-ce que je dois encore faire ?

— Venez ici...

— Bon... Et après ?

— Vous le reconnaissez ?

— Je suppose que c'est lui qui était dans l'eau, n'est-ce pas ?... Seulement, ce soir-là, il avait de la barbe...

— Vous le reconnaissez quand même ?

— Je crois...

— Et vous, M. Keller ?

Maigret retenait presque sa respiration, les yeux fixés sur le clochard qui le regardait et qui, lentement, se décidait à se tourner vers le marinier.

— Vous le reconnaissez ?

Est-ce que Keller hésitait ? Le commissaire l'aurait juré. Il y avait un long moment d'attente, jusqu'à ce que le médecin de Mulhouse regarde à nouveau Maigret sans manifester d'émotion.

— Vous le reconnaissez ?

Il se contenait, presque furieux, soudain, contre cet homme qui, il le savait à présent, avait décidé de ne rien dire.

La preuve, c'est qu'il y avait, sur le visage du clochard, comme une ombre de sourire, de la malice dans ses prunelles.

Ses lèvres s'entrouvraient et il balbutiait :

— Non...

— C'est un des deux mariniers qui vous ont retiré de la Seine...

— Merci... prononçait une voix à peine perceptible.

— C'est lui aussi, j'en suis à peu près sûr, qui vous a donné un coup sur la tête avant de vous jeter à l'eau...

Silence. Le Toubib restait immobile, de la vie seulement dans les yeux.

— Vous ne le reconnaissez toujours pas ?

C'était d'autant plus impressionnant que cela se passait à voix basse, avec deux rangs de malades couchés qui les épiaient et qui tendaient l'oreille.

— Vous ne voulez pas parler ?

Keller ne bougeait toujours pas.

— Vous savez, pourtant, pourquoi il vous a attaqué...

Le regard devenait plus curieux. Le clochard paraissait surpris que Maigret en eût appris autant.

— Cela remonte à deux ans, quand vous couchiez encore sous le pont de Bercy... Une nuit... Vous m'entendez ?

Il faisait signe qu'il entendait.

— Une nuit de décembre, vous avez assisté à une scène à laquelle cet homme participait...

Keller semblait se demander à nouveau quelle décision prendre.

— Un autre homme, le patron de la péniche près de laquelle vous étiez couché, a été poussé dans le fleuve... Celui-là n'en a pas réchappé...

Toujours le silence et, enfin, une complète indifférence sur le visage du blessé.

— Est-ce vrai ?... Vous retrouvant lundi quai
des Célestins, le meurtrier a eu peur que vous
parliez...

La tête bougeait légèrement, avec effort, juste
assez pour que Keller puisse apercevoir Jef Van
Houtte.

Or, son regard restait sans haine, sans rancune,
et on n'aurait pu y trouver qu'une certaine curiosité.

Maigret comprit qu'il ne tirerait rien d'autre
du clochard et, quand l'infirmière-chef vint leur
annoncer qu'ils étaient restés assez longtemps, il
n'insista pas.

Dans le couloir, le marinier redressait la tête.

— Vous êtes bien avancé, n'est-ce pas ?

Il avait raison. C'était lui qui avait gagné la
partie.

— Moi aussi, triomphait-il, je peux inventer
des histoires...

Et Maigret ne put s'empêcher de grommeler
entre ses dents :

— Ta gueule !

∴

Pendant que Jef attendait en compagnie de
Torrence au quai des Orfèvres, Maigret passa près
de deux heures dans le cabinet du juge Dantziger.

Celui-ci avait téléphoné au substitut Parrain pour lui demander de les rejoindre et le commissaire raconta son histoire de bout en bout dans ses moindres détails.

Le juge prenait des notes au crayon et, quand le récit fut terminé, il soupira :

— En somme, nous n'avons pas une seule preuve contre lui...

— Pas une preuve, non...

— En dehors de la question des heures qui ne concordent pas... N'importe quel bon avocat réduira cet argument à zéro...

— Je sais...

— Il vous reste un espoir d'obtenir des aveux ?

— Aucun, admit le commissaire.

— Le clochard continuera de se taire ?

— J'en ai la conviction.

— Pour qu'elle raison pensez-vous qu'il choisisse cette attitude ?

C'était plus difficile à expliquer, surtout à des gens n'ayant jamais connu le petit monde qui couche sous les ponts.

— Oui, pour quelle raison ? intervenait le substitut. En somme, il a failli y passer... Il devrait, à mon sens...

Au sens d'un substitut, sans doute, qui vivait dans un appartement de Passy avec une femme et des enfants, organisait des bridges hebdomadaires et se préoccupait de son avancement et de l'échelle des traitements.

Pas au sens d'un clochard.

— Il y a quand même une justice...

Eh ! oui. Mais, justement, ceux qui ne crai-
gnaient pas de dormir sous les ponts, en plein
hiver, bardés de vieux journaux pour se tenir
chaud, ne se souciaient pas de cette justice-là.

— Vous le comprenez, vous ?

Maigret hésitait à répondre oui, car on l'aurait
sans doute regardé de travers.

— Voyez-vous, il ne croit pas qu'un procès
d'assises, qu'un réquisitoire, que des plaidoiries, que
la décision des jurés et que la prison soient des
choses tellement importantes...

Qu'auraient-ils dit, tous les deux, s'il leur avait
raconté l'incident de la bille glissée dans la main
du blessé ? Et même si seulement il leur avait
appris que l'ex-docteur Keller, dont la femme habitait l'île Saint-Louis et dont la fille avait épousé
un gros fabricant de produits pharmaceutiques
avait des billes de verre dans ses poches comme
un gamin de dix ans ?

— Il réclame toujours son consul ?

C'était de Jef qu'il était à nouveau question.

Et le juge, après un coup d'œil au substitut,
murmurait, hésitant :

— En l'état actuel de l'enquête, je ne pense
pas que je puisse signer un mandat d'arrêt contre
lui... D'après ce que vous me dites, il ne servirait
à rien que je le questionne à mon tour...

Ce que Maigret n'avait pu obtenir, en effet, ce n'était pas le magistrat qui l'obtiendrait.

— Alors ?

Alors, comme Maigret le savait en arrivant, la partie était perdue. Il ne restait qu'à relâcher Van Houtte, qui exigerait peut-être des excuses.

— Je vous demande pardon, Maigret... Mais, au point où en sont les choses...

— Je sais...

C'était toujours un moment désagréable à passer. Ce n'était pas la première fois que cela se produisait — et toujours avec des imbéciles !

— Je m'excuse, messieurs... murmura-t-il en les quittant.

Dans son bureau, un peu plus tard, il répétait :

— Je m'excuse, M. Van Houtte... C'est-à-dire que je m'excuse pour la forme... Sachez pourtant que mon opinion n'a pas changé, que je reste persuadé que vous avez tué votre patron, Louis Willems, et que vous avez tout fait pour vous débarrasser du clochard, qui était un témoin gênant...

« Ceci dit, rien ne vous empêche de regagner votre péniche, de retrouver votre femme et votre bébé...

« Adieu, M. Van Houtte... »

Il se passa pourtant ceci, c'est que le marinier ne protesta pas, qu'il se contenta de regarder le commissaire avec une certaine surprise et que, dans l'encadrement de la porte, il tendit la main, au bout de son long bras, en grommelant :

— Il arrive à tout le monde de se tromper, n'est-ce pas ?

Maigret évita de voir cette main et, cinq minutes plus tard, il se plongeait farouchement dans les affaires courantes.

Dans les semaines qui suivirent, on entreprit des vérifications difficiles, aussi bien du côté de Bercy que du côté du pont Marie et on questionna des quantités de gens, la police belge envoya des rapports qui s'ajoutèrent, en vain, à d'autres rapports.

Quant au commissaire, pendant trois mois, on le revit souvent au port des Célestins, la pipe aux dents, les mains dans les poches, comme un flâneur désœuvré. Le Toubib avait fini par quitter l'hôpital. Il avait retrouvé son coin sous l'arche du pont et on lui avait rendu ses affaires.

Il arrivait à Maigret de s'arrêter près de lui, comme par hasard. Leurs conversations étaient brèves.

— Ça va ?

— Ça va...

— Vous ne vous ressentez plus de votre blessure ?

— Un peu de vertige, de temps en temps...

S'ils évitaient de parler de l'affaire, Keller savait bien ce que Maigret venait chercher et Mai-

gret savait que l'autre le savait. C'était devenu
entre eux une sorte de jeu.

Un petit jeu qui dura jusqu'au plus chaud de
l'été quand, un matin, le commissaire s'arrêta devant le clochard qui mangeait un quignon de pain
en buvant du vin rouge.

— Ça va ?

— Ça va !

François Keller décida-t-il que son interlocuteur avait assez attendu ? Il regardait une péniche
amarrée, une péniche belge qui n'était pas le
« Zwarte Zwaan », mais qui y ressemblait.

— Ces gens ont une belle vie... remarqua-t-il.

Et, désignant deux enfants blonds qui jouaient
sur le pont, il ajouta :

— Surtout ceux-ci...

Maigret le regarda dans les yeux, gravement,
pressentant que quelque chose allait suivre.

— La vie n'est facile pour personne... reprenait le clochard.

— La mort non plus...

— Ce qui est impossible, c'est de juger.

Ils se comprenaient.

— Merci... murmura le commissaire, qui savait
enfin.

— De rien... Je n'ai rien dit...

Et le Toubib d'ajouter, comme le Flamand :

— N'est-ce pas ?

Il n'avait rien dit, en effet. Il refusait de juger. Il ne témoignerait pas.

Maigret n'en put pas moins annoncer à sa femme, incidemment, au milieu du déjeuner :

— Tu te souviens de la péniche et du clochard ?

— Oui. Il y a du nouveau ?

— Je ne m'étais pas trompé...

— Alors, tu l'as arrêté ?

Il secoua la tête.

— Non ! A moins qu'il commette une imprudence, ce qui m'étonnerait de sa part, on ne l'arrêtera jamais.

— Le Toubib t'a parlé ?

— D'une certaine façon, oui...

Avec les yeux bien plus qu'avec des mots. Ils s'étaient compris tous les deux et Maigret souriait au souvenir de cette sorte de complicité qui s'était établie entre eux un instant, sous le pont Marie.

FIN

Noland, le 2 mai 1962.

IMPRIMERIE COMMERCIALE
—————— YVETOT ——————
Nº d'Edition : 1.632
13.688
Dépôt légal Nº 639
1er trimestre 1963